人文书
诗散
丛

艾 蔻◎著

对生活上瘾

河北出版传媒集团

花山文艺出版社

河北·石家庄

图书在版编目（CIP）数据

对生活上瘾 / 艾蔻著. -- 石家庄：花山文艺出版社，2025. 6. --（"诗人散文"丛书 / 霍俊明，商震，郝建国主编）. -- ISBN 978-7-5511-7868-6

Ⅰ. Ⅰ267

中国国家版本馆 CIP 数据核字第 2025MF9977 号

丛 书 名：	"诗人散文"丛书
主　　编：	霍俊明　商　震　郝建国
书　　名：	**对生活上瘾**
	Dui Shenghuo Shangyin
著　　者：	艾　蔻

责任编辑：	耿　凤
责任校对：	李　伟
美术编辑：	王爱芹
内文制作：	保定市万方数据处理有限公司
出版发行：	花山文艺出版社（邮政编码：050061）
	（河北省石家庄市友谊北大街330号）
销售热线：	0311-88643299 / 96 / 17
印　　刷：	河北新华第一印刷有限责任公司
经　　销：	新华书店
开　　本：	880 毫米×1230 毫米　1 / 32
印　　张：	7.875
字　　数：	160千字
版　　次：	2025年6月第1版
印　　次：	2025年6月第1次印刷
书　　号：	ISBN 978-7-5511-7868-6
定　　价：	52.00元

目　录

CONTENTS

◎ 第三辑　珠在蚌中

第一辑

喜相逢

很小的时候我就试着去理解爱——从过马路时姐姐牵起我的手开始，从不认识的阿姨帮我赶跑大狼狗开始，我悉心领受着——新朋友对我微微一笑，嘎啦声中苹果一分为二，小小恶作剧，被欺骗时难过的心情。年幼的我似乎已经明白，人和人之间，温情是一件多么珍贵的礼物，我们需要去爱，将礼物献给他人，也需要被爱，被真心对待。而成长过程的各种际遇也让我一遍遍深刻理解了自己：我是多么渴望鼓荡着酒香的欢聚，渴望离别时努力忍住泪水以至于两颊酸涩胀痛的滋味，还有那些难以计量的、令人心头一热大脑空白的无数个瞬间。我知道爱充满了奇幻魔力，映射出人与人之间各种奇妙的可能性，当生活不小心坠入迷雾，我们只有依靠某个人给予的爱才能获得救赎。致敬人生旅途中的每一个人！

半途而废的友谊也万岁

我们的感情一度好到她俩在线陪我写诗。尽管 G 和 J 都与文学沾不上边，但因为感觉到写诗对我来说至关重要，就绞尽脑汁憋出些分行句子发给我，并且乐此不疲。她们坚信这样能帮助我找到灵感。有时我会发火，那些句子在我看来生拼硬凑，不仅启发不了思路，反而瓦解了我好不容易凝聚起来的念头，导致更为严重的堵塞。多年后当我意识到她们的做法本身就极富诗意时，三人团早已分崩离析。

说起来都是很久以前的事了。

G 是我小学和初中的同班同学，J 是初中和高中的同学。我们的交集始于初一，共同点是爱玩，甚至称得上贪玩，但在老师眼里又完全不同。G 很聪明，稍微用功就能冲到前面，J 则吊儿郎当，对学习始终保持着一种略带轻佻的潇洒姿态，而我，就是所谓的好学生，作业好，考试好，长期稳居第一，除了体育不行之外称得上全面发展。当时班里没有哪个家长会反对自己的孩子和我玩，近朱者赤嘛。可惜我是真的爱玩，课堂上不听讲，和同桌赌题，猜老师会布置哪些作业，并且必须在下课之前把自己押的题做完，还不允许更改补充，直接交上去，后果自负；放学后不回家，四处闲逛，尝遍了小摊儿上的各式民间小吃；晚自习停电带头跑路，这个从性质上来说已经接近逃课了。

可能是电路老化的原因，学校有段时间经常停电。白天停影响不大，顶多就是下课铃不响，老师们可以尽情拖堂，晚上停就不一样了，那意味着晚自习可以提前放学，当然这是学生的想法，老师总是不甘心，一再稳住局面，要求大家再等一等，期待着下一秒就能重见光明。有一次，确实只停了几分钟，还没出校门就来电了，好在我们脚底抹油溜得飞快，假装没听见教导主任声嘶力竭的呼喊，欢天喜地奔去夜市看稀奇了。第二天老师清查逃跑人员，要求每个人说明原因。我说停电后我就收拾书包回家写作业，老师信了。G 的供词和我差不多，老师将信将疑，J 呢，还没有开口老师就扬了扬手，站到外面去。按道理说，这种区别对待多少会给我们的友谊掺几把沙子，结果 G 和 J 偏偏是不信邪的人，和我玩得更好了，期末她俩成绩大滑坡，我还是第一名。

我们有多好呢，就拿听歌来说，G 中意赵咏华，我就从她那里借来磁带，对着歌词一首一首学到深夜，我痴迷周慧敏，G 因此集齐了市面上能找到的所有专辑，只为无论谁不经意间哼出的调子下一秒就有人附和，继而会心一笑。我们曾经就是这样认真对待着彼此的喜欢。

G属于玩起来很疯的女孩儿，我十分欣赏她这一点。那个时候但凡追过我的男生或者她认为对我有暗恋嫌疑的男生都被她捉弄过。而我呢，外表老实内心狂野，对G的各种恶作剧暗自称奇，有一种"你替我做了我想做却又不敢做的事我表示万分感谢"的心态。

　　在此列举一二。

　　有个男生热衷于向我挑战，比谁答题快或者期中考试势必超过我之类，屡战屡败屡败屡战。G由此断定攀比学习是假，借故靠近我是真，决定要教训他一顿。G稍加观察，发现此君上课习惯脱鞋，便瞅准时机偷偷将鞋转移到教室后方，又以两条口香糖的代价买通了座位永远固定在后门旁边的强哥，强哥一脚飞踹，估计除了受害者本人，大家都听到了鞋子撞到走廊墙上的那声闷响。此君热爱学习倒不假，回答问题极其踊跃，没过一会儿，他就被数学老师点名去黑板上答题了。这下可好，他猫着腰四处寻摸，怎么也找不到右脚那只鞋，老师再三催促，他磨磨蹭蹭就是不上去。局面渐渐陷入僵持，最后老师怒了，命此君立刻马上去讲台，答不答题放一边，先把刚才的行为解释清楚。可怜的男生只好光着右脚一瘸一拐地走出来，拖着哭腔叹道："老师，我的鞋子不见了！"此言一出，沉闷的课堂立马被引爆，一屋子青春期躁动的少男少女乱作一团，起哄的，怪叫的，趁机站起来活动筋骨的，老师张了张嘴，企图加以制止，又放弃了，干脆坐下来等大家笑够了再说。

　　还有个男生喜欢给我递小纸条，里面写一些朦胧诗句或者名人名言，其实我对他印象还不错，字迹娟秀，人也长得斯文白净。他是栽到了逻辑推理上。也许他是这样想的，G是我的好朋友，那么必定希望我和优秀的男生交往，显而易见他十分优秀，因此G会乐意助他一臂之力。又或者是这样想的，G是我的好朋友，而他自认为也是我的好朋友，好朋友的好朋友，自然也是好朋友。当然，也可能是其他的更为荒唐糟糕的想法。总之，在错误推理的煽动下，他找到G，满怀信心地把生平第一封情书递了过去。G正愁没乐子呢，夺过包装精美的信封直接拆，白净男生愣了几秒才意识到所托非人，可惜为时已晚。G边跑边读，边读边笑，边笑边吆喝，快来看啊，某某写给某某的情书，什么天鹅玫瑰什么梦中的眼泪什么背影，哈哈，还有错别字，还有病句！教室瞬间被搅得乌烟瘴气，白净男生脸红到了耳根，绝望又执着地追在后面，好事者迅速集结成两个派系，一派拉板凳推桌子，给白净男生制造闯关障碍，另一派企图拦下G，他们也想亲眼见识见识情书。

J向来不屑加入此类玩闹，冷眼旁观道，早恋要不得！

好在很快就毕业了。我和J都没谈成早恋，而G却在初三下学期全身心投入一个大眼睛男生的世界中。毕业旅行班主任组织大家去了蜀南竹海。我们见识了溶洞，买了用竹根雕刻的纪念品。正午的阳光透过竹叶缝隙落下朵朵光斑，辗转在少年头顶，我们被冒出地面的笋尖吸引，被趴在竹节上的甲虫吸引，被层层叠叠的枯枝腐叶吸引，不知不觉四人脱离了大部队，行至竹林深处。大眼睛拉着G说说笑笑，我和J跟在后面插不上话，索性各自捡了根竹竿，四处敲打着解闷。那个时候我不知道J在想什么，但我心中充满了愤懑和焦虑。我讨厌大眼睛这个入侵者，却又没办法赶走他。G看上去已经不需要我和J了，友谊危在旦夕。毫无征兆地，铁球般的闷雷滚滚而来，顷刻间狂风大作，接着便有零星雨点打在身上。也许是乌云遮蔽了天光，也可能雨水里包裹着别处的黑夜，天色骤然转暗，虽未及伸手不见五指的程度，说是天昏地暗也不算夸张了。雨越下越大，大眼睛和G不停转身提醒，大家聚拢一些，千万不能走散。我可不愿离他俩那么近，心想，跟着声音走就行。岂料狂风暴雨混淆视听，很快我就跟丢了。四周一片迷蒙，竹林里根本辨不清方向，透骨的凉意掺杂着恐惧向我袭来，我像一只受了惊吓的小鹿在林间胡乱奔突，渐渐失去了知觉。

那是我生命中带有魔幻色彩的经历。醒来时，我发现自己置身于昏暗陌生的房间，G搂着我，J立在窗边，带着浑身光芒递过来一碗香气四溢的方便面。僵硬的双手捧住面碗，灵魂在食物入口那一刻腾空而起，我没办法描述出它的滋味，对一个饥寒交迫的人而言，思考是多余的。他们的声音来自地球之外，晦涩难懂，忽远忽近，待我身上暖和过来，耳朵开始发热，我才听明白了一些。J说当时他们正欢呼找到大路了，却发现我不见了，G和大眼睛为此大吵一架，但是时间很短，因为要抓紧讨论怎么找人，但是每个人的提议都被其他人否定了，因为在无法保证百分百成功率的情况下如果贸然行动很可能再次减员，最后 G 说凭感觉人应该在东南方向，大眼睛问她，你知道东南方向是哪个方向吗？ G 没搭理他，闭上眼略作沉思，便信心十足地折回黑漆漆的竹林。J 说邪门就邪门在这里，G 带路，她和大眼睛乖乖跟在后面，一直绕圈子，绕啊绕，显然又迷路了，结果快绕晕的时候还真找到了，我像块石头似的蹲在一堆竹笋间，眼睛发直，问话不回答，拍脸也没反应。方便面快要见底了我才意识到这可能是目前所有的口粮，说什么也不肯再吃。G 和 J 吞着口水挑起几根面意思了一下，剩下的交给大眼睛连汤带水喝得干干净净。没有食物了，他们开始后悔没有把我挖的竹笋带走，后来对话演变为争论，对于我为什么挖那么多竹笋、怎么挖的，每个人的看法都不同。

外面仍然风雨交加，只是天光渐渐回返，竹叶在雨水的击打下泛出夺目的绿光。我呆望着窗外，恍如隔世。J 说幸亏大眼睛一路背着我，好不容易觅得一户农家，那时他们已精疲力竭，几乎是爬进来的。听到这里，我麻木的大脑总算恢复运转：如果他们不及时找到我，我恐怕生死难测，如果他们在途中遭遇危险，后果更加不堪设想，如果没有瞎猫碰死耗子的运气偶遇这屋檐……而这一切的一切都是我自私又愚蠢的任性造成的。羞愧，懊恼，后怕，我不顾一切地号啕大哭起来，G 又把我揽回臂弯轻轻拍打予以安慰。J 突然尖叫一声——巧克力！她在裤兜里意外发现了巧克力，小心撕开包装，四个人你推我让，那块冷热交替后严重变形的甜蜜小东西充分见证了友谊的伟大。所谓生死之交就是这个意思了吧，我们热泪盈眶一人咬一口，然后展望未来，要做一辈子好朋友。

那个没有作业的假期我们几乎每天约在一起，聊天或者发呆，或者在小城东南西北随便一个地方闲逛，反正就是腻着，什么也别想把我们分开。

然而高中的情形又颠覆了我对友谊的认知，与之前憧憬的相去甚远。G在隔壁班，整天与大眼睛形影不离，生活里除了学习就是男朋友，从不主动找我。J与我同班半年后，转去读了文科，此举虽明智，毕竟J的数理化太过糟烂，但我从感情上仍难以接受。没心没肺的J似乎也不肯为友情坚守，火速结交了新朋友，我课间上厕所经过J的班，总看到她在人群中谈笑，瞥向我的眼神日渐陌生。失去朋友陪伴的我陷进一场暗恋中无法自拔，日记本写满了那个长雀斑的男生，只可惜，我喜欢他，他不喜欢我。

我就是经由上述种种叩开世界之门的。我对比今昔，审视人类情感，甚至开始思考沉默与呐喊、等待与放弃、对峙与和解，是的，十五六岁的年龄恐怕还早了些，但我的确这样做了，同自己对话，讨论各种东西。我不知道它们有何意义，对于成长来说，至少提供了诸多精神耗材，但如果G和J还在身边，我就还会继续疯傻，根本触碰不到那些有分量的话题。周围人中似乎再难觅得知己，我越发孤单，忆起竹林夜行，忆起当初铮铮誓言，更添感伤，天知道我有多么珍视友谊，多么渴望地久天长。整个高中时代，首席关键词就是孤单。我想，宁缺毋滥，我对朋友是有要求的。可究竟怎样的关系才够得上

"朋友"二字，G 和 J 真的算吗？

说来讽刺，在人生最重要的十字路口，发誓做一辈子好朋友的三个人连最简单的告别都没有。那年夏天，我被长沙的军校提前录取，匆匆踏上军旅。J 去了成都上大学。G 的情况有些波折，高三下学期，大眼睛男生和别的女孩儿好上了，G 惨遭爱情背叛，她将大眼睛送的所有磁带砸了个稀巴烂，书、作业本也全部撕成碎末，由于很长时间走不出阴霾，高考无望，只得复读一年。

我们仨就这样断掉了联系，之后的日子便脱离了青春散文诗的舒缓节奏，时光飞旋，越转越快，新人新物应接不暇。偶尔回顾往事，我只是轻轻感叹，曾经那么要好的朋友啊，如今你身在何方？

直到十五年之后，G 才重新出现。一个毫无征兆的黄昏，她加了我的微信，又把 J 拉进群聊，没有寒暄，也不问究竟，三个人用类似开颅手术的方式相互交代各自人生。身着军装的我一直没离开过校园，人生大事无外乎结婚生子。而 J 还单身，经历了几场无疾而终的恋爱。得知 G 在北京，我火速赶去与她见面，吃饭聊天，瞬间又回到当年那种旁若无人的状态，她还是那个能在人潮汹涌的大街上做出任何疯狂举动的家伙，而我即便这些年当老师嗓门儿练大了语速变快了，仍然无法在她的连珠妙语中插进半句，我只能笑啊笑，笑出眼泪，笑出对眼角细纹的小小愧疚和友谊缺席多年的大大委屈。那场面让作陪的两位男士看得目瞪口呆，他们都曾自以为是妻子最默契最亲密的那个人，如今看来，那个人绝非自己。

不久，G放弃了北京户口北京工作，又快速卖掉北京的房子，拖家带口回成都安居乐业了。不得不说，G的冲动与果敢一直是她最吸引我的地方，后来她道出其中缘由，竟是因我随口抱怨了一句北方没意思。她说，我是这样想的，不管你打算调动还是离开部队，都没那么快，我先回来打前站，现在房子已经买好了，临河，风景优美，目前这个小区还有空房，楼层也不错，我可以先帮你交个订金。我说大姐，我还没有想好要不要回来，而且这身军装也不是说脱就脱……G在电话里打断了我，你可以慢慢想，我也料到了这一点，现在我和J都在成都，你回来是迟早的事。这种简单又粗暴的浪漫无疑感染了我，我心想，离川十几年，也是时候回归了！当真请假回去看了房子，J也表现得兴奋不已，她认为那套五楼的房子确实好，于情于理都应该买下来。

在那之后，三个人火热到了前所未有的程度。每天微信里无论鸡毛蒜皮的事情都悉数汇报，G和J离得近，三天两头约会，各种吃喝玩乐通通发在群里，我看得见吃不着，自然不乐意，她俩就各种甜言蜜语哄我高兴，承诺等我回去了如何补偿。那两年我回四川，G和J至少提前一个小时去机场，G自己开公司，业务繁忙，再大的订单也会为我让步，J也不顾工作受不受影响，我回去待几天，她俩就陪几天，毫不夸张地说，从我拖着行李走出机场到我离开，G和J都全程陪伴，吃住行一律统一行动，保证寸步不离。被冷落的父母老公孩子都识相地退居二线，冷眼旁观，似乎抱着一种"我们倒要看看你们到底能好成什么样子"的心态。而 G、J、我三人如痴如醉，仿佛穷困多年忽地大发横财，报复性消费着这份至高无上的友谊。

我们回到小城，一起去给 G 的爸爸上坟，墓前依次下跪、磕头，当我毫无异样感地完成仪式，突然惊觉，我们仨原来是亲人般、拥有如此难分彼此的关系，我们之间一定存在某种时间无法冲淡的东西。G 一屁股坐下来，讲起当年变故，她讲得很慢，语调平缓，毫无波澜，就像那一切与自己毫不相干。原来，高一开学不久 G 的父母就离婚了，在她大三时父亲患癌症去世，家中亲戚因诸多琐碎后事矛盾重重，各种鸡飞狗跳。原来，疯疯癫癫的大笑姑婆竟承受了这么多苦楚。我再次陷入自责，在我和 G、J 之间的相处中，似乎总是扮演被动角色，明明在心里视若珍宝，却难以主动踏出半步。我后悔当时只顾沉溺在友谊解散的阴郁中，全然不知 G 面临着怎样的困境，但凡我给予一点点关心，虽无力改变剧情，也多少能安抚 G 的伤心难过。我甚至想，什么理由都是借口，也许我才是最不珍惜友谊的那一个。

我们重游竹海，在那些星光闪闪的无限长夜中，聊起曾经喜欢的男生。我和 J 都认为，大眼睛的背叛绝不可原谅，但是 G 却最终原谅了。回到成都事业发展得不错的 G 听说大眼睛工作不如意，生活几近落魄，便以高薪把他招入公司，鼓励他重新扬帆起航。而 J 暗恋多年的那个小眼睛居然自始至终都不知道 J 的存在，以至于他远赴澳大利亚求学之前，J 带着礼物去道别，他诧异地把眼睛睁到了平生最大，以为 J 认错了人。我和 G 听得哈哈大笑，J 说太遗憾了，要不是 G 当年强烈反对，她早就去表白了。我说我不遗憾，我表白了两次。一次是高考过后，我把雀斑男孩儿约到小山坡，说了一堆谁也听不懂的话，中心思想十分涣散，后来不知道怎么回事，我就从山坡上滚下去了。听到这里，G 和 J 笑出了猪叫，尖厉又欢快的笑声瞬间刺破了山林深夜的寂静。我说更气人的是，他居然直接走了，我独自滚到山下，周围渺无人烟。军训结束不久，我又写信去表白，那一次不得了，他居然给我回了信，尽管是一封拒绝的信。当时我正在洗澡间冲凉，同宿舍的女生在走廊里大喊——有 Z 的信！某地寄来的信！我一听那个地名，没错了，就是他！狂喜间不由得倒抽一口冷气，结果吞进一只蚊子！之前它一直绕着我脑袋飞。听到这里，J 已经笑抽了，但是 G 却怒不可遏，愤愤然道，我们 Z 这么好，他还敢拒绝，他以为他是谁！要是让我碰到，非得揍他一顿。

然后，G 想起什么似的一拍脑袋，说，C 就被我揍过。J 努力从醉笑中恢复了语言能力，一脸茫然地问，什么，C 也拒绝过她？G 只白了 J 一眼，便将故事娓娓道来。

说起来还有点儿复杂，C 其实就是脱鞋君，大学毕业留在了北京，早些年我们在 QQ 上偶有联系。有一次我面临转业，那个时候我还单身，热心的同事大姐们凑在一起讨论，这几年转业到北京的全是好单位，小 Z 咋不找个北京的男朋友啊？可现找也来不及了！接着就有人出点子，找个北京户口结婚，等工作安排好了再离。我必须承认，就是这个现在看来荒唐又冒险的馊主意，当时确实打动了我。一方面我本来就向往北京，另一方面在北京工作意味着更多的发展机会。我想到了C，立刻登录QQ呼他，简单说明情况之后就向他"求婚"了。

我是这样想的，这根本就是一件易如反掌的事，正好他有北京户口，正好我需要，同学之间帮个忙而已，完全没料到他会以答应的方式拒绝。事后我又陷入反省，得出结论，我向来把问题想得过于简单。

脱鞋君是这样拒绝的，他说结婚可以，但是结了我就不离了，我要你给我生很多儿子，然后让他们组成一个足球队。电脑显示屏上那几行小字给我带来了巨大的侮辱，起先我有些发蒙，脑子里搜寻着少得可怜的体育知识，一个足球队怎么也得十几个队员吧，继而觉得他猥琐，乘人之危！顿感前途灰暗的我开始谴责他自私冷漠，如何视多年同窗情谊于不顾，如何恩将仇报云云。骂着骂着我就心虚了，我对他哪里施过恩，说起来G当年捉弄他的那些恶作剧倒是拜我所赐。当然，他也毫无悔改之意，冷言道，如果换个人我就帮了，结了再离，但是你不行，要结就真结，否则免谈！

由于事件太过久远，我已经回忆不起来当时情绪低落到什么程度，有没有哭；如果哭了，又哭到了什么程度。只记得那年转业名单里并没有我，于是"求婚"被拒的伤痛、进京的梦想也随之渐渐搁置，被不厌其烦的无数个后来冲淡、冲散，推至忘却的边缘。哪里料到还有精彩后续。

此为故事背景。

G咕噜了几口啤酒，忆起那次在京同学聚会，C喝醉了，主动向G交代了罪行。C说，我对不起Z，在她需要帮助的时候没有伸手。G一把抓过C，像拎小鸡那样把他拎到一旁，沉着脸问，说！怎么回事？你最好给我从实招来。C就带着被酒精放大了一千倍的愧疚把事情仔细学了一遍，他当然清楚G的脾气，总结陈词时还不忘小心翼翼为自己开脱：我虽然有错，但我自始至终都很坦诚，换作你，喜欢了那么多年的人找你结婚，你忍心离吗？我做不到啊！

但是G一旦喝酒就是冲动的，一旦冲动起来就是不讲逻辑道理的。啪一记清脆响亮的耳光就扇了过去。C低着头，没有还手，G一边打一边骂，一记耳光带一句叫你不帮Z！场面渐渐失控，陷入复读机模式过后，同学们终于发现了，赶紧过来拉，过来劝。在大家好奇心的敦促下，在意犹未尽的忏悔中，C翻来覆去地交代事件经过，面对七嘴八舌的提问，他不得不停下来答疑，然后又忘记了刚才讲到哪里，只得一遍遍从头说起。G说，C被骂惨了！大家轮番谴责他，初中同学是什么情谊？算到今天二三十年了，且不论Z有多么优秀，结个婚而已，同学之间举手之劳嘛！你C就是个内心阴暗的自私鬼！

G又咕噜了几口啤酒，说，到后来我都有点儿同情他了，一个说，C你就是傻，先把结婚答应下来，缓兵之计懂吗；另一个说，C 你压根配不上 Z，能有机会和她结个婚再离也是你莫大的荣幸。唉，反正众说纷纭各种离谱儿，眼瞅着 C 哇哇大哭起来，大家又话锋一转，挨个儿上前安慰，开始抖落 Z 的不是。哦，对了，那晚 C 给了我你的 QQ，我加了好几次都没有回应，后来我试着用那个号加微信，终于联系上了。

J 听得津津有味，而我醉眼蒙眬地看着她俩，思绪有些飘飘然，每个人都那么可爱，从十几岁闹到三十几岁，同学们朋友们聚在一起是多么痛快淋漓。最打动我的当然还是 G 打人的那一段，天哪，它简直长在了我友谊价值观的黄金分割点上，看看吧，什么是真朋友，什么是哥们儿，这就是。当然，打人是不对的，但它的确满足了甚至突破了我对友谊的终极期望。我想，这一回且不论 J，反正我和 G 肯定是再不会分开。

但我们还是分开了，一连串毫无逻辑关联的事情之后，如今又回到了先前十五年那样完全失联的状态。而我不再抱怨也没有慌张，人生百年，许多事情都半途而废了，友谊当然也可以半途而废，而且还可以一废再废，就像我们仨，好了又分了，再好，再分。我甚至觉得可以这样认为：每一次糟糕透顶的感情破裂都是在为下一次更为激情四射的重逢做准备，它时刻准备着，为这种真实又梦幻的情感寻找新的开端。

去年回老家，路过上学时每天必经的大桥，再次印证了一个奇特现象，人长大之后家乡会变小，桥墩像积木，两岸的建筑像垒起的一本本书，不禁遥想当年。晚自习结束，我和 G、J 头顶星月结伴而归，晚风捎来河水的清香，也捎来夜宵排档的乌烟瘴气，那时大桥还很大，又宽又长，我们在上面随意地追逐打闹，G 来了兴致，就会编排一个荒诞离奇的爱情故事，倒霉的主角永远都是我以及某个她认为对我有意思的男生。实话实说，我一点儿都不生气，甚至还有点儿喜欢听，直至今日，我仍然觉得它们很有爱，很有趣。

暴龙雷克斯

1981 年，暴龙雷克斯在废弃的铁轨上奔跑，奔跑姿势十分狂野，令人不禁替它糟糕的平衡能力捏一把汗，还担心铁轨上会不会突然又出现火车。2011 年，雷克斯跑到我的跟前并且向我致谢。作为人类的后代，我把它生成了椭圆形：羽毛没了，鳞片也藏得恰到好处，单眼皮挤成了妙趣横生的双层褶子，至于尾巴——遵循达尔文进化论——查无此物。

成为我儿子之后的雷克斯收敛了许多，他减少了野外奔跑的次数，终日翻阅《恐龙大百科》，热衷于用两根指头指认同类，在食草恐龙和食肉恐龙间游移不定。雷克斯小时候胃口不好，一吃果酱就拉稀，米粥喝得也少，酷爱牛肉，但稍微过量就会积食发烧，不过，这些障碍并没有压制住它体内的暴龙基因，有时我注意到天花板上急剧晃动的光影，那是他在偷偷演练撕咬和偷袭。

我一直想说说我与儿子雷克斯是如何交锋的。但熟识的朋友们都知道，我的儿子叫小黑子。我没有小名，多年来烦透了人们对我直呼其名，以至于我对小名这种彰显宠爱与俏皮的温情符号产生了强烈向往。我曾处心积虑，用各种隐晦手段引导身边的人使用叠词称呼我，或者将我的名字诗意地引申开去，也多次表示对某些哪怕带有调侃性质的外号毫不介意，仍然没能把哪个专属于我的称号固定下来。因此当我发现自己怀孕之后，第一件事就是先给他取个小名再说。

太过激动往往造成草率，我只花了两分钟就决定叫他小黑子。等后来发现美其名曰雷克斯更为贴切时，小黑子的名号已经响当当。

那么，我又是怎么一步步接近真相、确定他的恐龙身份的呢？其实，牙牙学语时就已初现端倪，那个时候小黑子经常冲着《恐龙大百科》里龇牙咧嘴的家伙兴奋地大喊："mama！mama！"动物天性操控着他的种种言行，小黑子和院里的小伙伴玩警察抓小偷，我问他："你是警察还是小偷？"小黑子答："我是警犬！"这就是本能使然，他为自己选择了动物属性。有一天我看纪录片，解说员赞叹手艺人如何如何，小黑子听了便将两只手收拢在胸前，双腿用力蹬地，自诩脚艺人，我立马警觉起来，暴龙最发达的不就是两条后肢嘛。

小黑子的书写一直令人头疼，幼儿园大班老师反映他反着写字，比如把数字"3"写成希腊字母"ε"，以此类推，怎么纠正都不改，怀疑孩子的大脑发育出现了某种障碍，敦促我带他去医院挂个专家号。起初我不以为然，反着写似乎比依葫芦画瓢的难度还要大些吧。对此，小黑子也呱嗒呱嗒解释了一通，大概意思是，他写的和老师写的一样，没有区别。我听完若有所思，一个正一个反，在动物的认知里居然是一样的。

一年级上学期，小黑子在公立学校，班主任是个冷峻严苛的中年女人，她当着全班同学训斥了小黑子，我不知道她有没有动用什么其他方法，短短半个月，小黑子就将反着写的字逐个翻面，我想，这个过程对他来说一定很不容易。那段时期，他的字横平竖直，温顺地躺在田字格正中央，和其他小朋友写得越来越像，但是有种莫名忧伤萦绕四周，我们母子俩都感到不快乐。

在这种不快乐的驱使下，我觅得一所私立学校，毅然办理了转学。新班级里有用左手写字的女孩儿，还有留着细长辫子的男孩儿，三十个人的小班级，每个孩子都可以随时举手发言，不举手直接站起来说也行。我后悔没有让小黑子早点儿来，这里更适合安放他那颗驿动的心。

果然，没过多久，小黑子的字就像暴龙捕食那样横冲直闯、七翘八拱，完全无法依附本子上的横线与方格，字里行间经常冒出额外的花花草草或者打打杀杀。新学校的老师表明了观点，允许孩子保留书写个性，但是如果达到了无法辨识的程度，以后考试是要吃大亏的。

我就又去找小黑子商量，可不可以把字写清楚哇，可不可以去掉那些附加的小玩意儿呀。他说其实他会，抓起笔就给我演示了几个。

"那你书本上为什么要写成那样？"

"因为一万年以后，考古学家要研究我的字。"

这种从考古学角度出发的写字动机我着实没有想到过，他的同类如今都成了化石，大部分埋在地底下，小黑子与生俱来的考古意识似乎要为恐龙家族在未来争取更多的存在感。

除此之外，对远古时代的残存记忆也影响着小黑子的创作方向。有一回，他口头发明了水上步行器，名曰冰霜行者。这种鞋能使所及之处瞬间结冰，因而得以在水面上行走。我猜想这个大约是为了快速穿过湖泊好抓到对岸的猎物。等再大一些，小黑子开始尝试我的饮食爱好，一喝冷饮就赞叹牙齿在冰川之间穿梭，一吃麻辣火锅就喊有恐龙在舌头上跳舞。我的妈呀，这不是赤裸裸亮出身份了嘛。

至于我为什么会生下一只暴龙，这个问题确实不好回答。追溯到新生命孕育之初，我估计与强行保胎不无关系。我在三十岁时生下小黑子，其过程十分艰辛。因激素水平低，要想保住孩子就必须严格执行卧床政策，吃保胎药，打黄体酮，被限制行动的我每天无所事事，潜心研究育儿书。

跟现代汉语词典差不多厚的大部头翻了一小半过后，我的关注点锁定在了强行保胎的危害上，会不会导致畸形啊，有没有先天性疾病风险啊……我给自己提出各种问题，没日没夜地用手机上网。我承认许多问题出自凭空想象，实属杞人忧天，但我深陷其中，无法自拔，时刻被巨大的忧虑笼罩着。

那个时期，我浏览了大量可怕的病例，越来越担心腹中胎儿在发育过程中少了什么又或者多了什么，各种可怕的想象折磨着我，只好去医院稳定情绪，整个孕期我总共做了十二次超声波检查。后来有同事批评我做得太多了，超声波也是致畸源，我差点儿当场哭出来。

焦虑持续了一段时间，我意识到不良心理状态也有可能对胎儿造成消极影响，于是请求妈妈帮我找几本小说，我要尽快沉浸到故事情节中，转移注意力，忘掉保胎。这原本是个好主意，但我妈以她自成一体的理论对文学作品做出了错误判断，她给我抱来一摞推理小说。密室杀人，无凶器杀人，各种肢解、毁尸灭迹，书一经翻开就欲罢不能，非得一口气读到最后，看看究竟谁是凶手。

有天晚上我挑灯夜读，心惊肉跳地跟随探长勘查血案现场，肚子突然动了一下。我第一反应是胎动（后来专门查了书，时期不对，基本上排除了此种可能），遂摸了摸肚子，继续看，没过多久，肚子里敲鼓似的连续动了好几下。我这才明白过来，它在发出抗议，抗议我以恐怖故事充当胎教的荒唐行为。这种基于自省又毫无依据的猜测唤起了我深深的自责，同时催生出新一轮担忧，书中那些惊险、血腥的描述会不会给孩子的性情蒙上一层阴影。

当我好不容易熬过了危险期，庆幸终于可以下床像正常人一样活动了，却又一脚踩空，坠入了长达四个月的妊娠反应魔幻之旅。那些日子，我仿佛被某种神秘力量加持，不仅能看人的衣着容貌，还能看思想和感情，能看大树小草的轮廓，也能看它们内部流动的细胞与水汽，这导致我头脑混乱，情绪极不稳定，始终处于海上风暴般的狂飙状态，并且吃什么吐什么，嗅觉敏感到可捕捉千里之外的不明气息。

现在看来，完全是受腹中胎儿影响，要知道暴龙的嗅觉可相当发达。然而在孕期的最后三个月，我又奇迹般胃口大开，展露出吞噬天地的豪迈，一天四顿，顿顿抱着盆子吃，最终以140斤的净重颤颤巍巍走进手术室。

其中诸多细节我曾不厌其烦地讲给可以分享此类话题的朋友听，有时出于配合气氛的需要，也难免添油加醋一番。总之，生孩子是件惊心动魄的事，尤其是生下一只暴龙。

我一直想说说我与儿子雷克斯是如何交锋的，却总是遭到各种意外打扰，不过，对于一个给暴龙当妈妈的女人来说，任何细枝末节说起来都有可能没完没了，而这恰恰是我需要被理解被宽容的地方，我经常提醒身边的人这一点。接下来，我们真的要开始交锋了。

小黑子七岁那年，他的暴龙特征已经肉眼可见了，基本上每天都沉浸在人类难以理解的恐龙世界里。他不断惹我生气，当然，更客观地说，是我们相互惹对方生气。我不知道这个年龄的小男孩儿是不是都这样，有用不完的精力和愤怒，对学习之外的一切事物充满执着与好奇，对于看书写字却抱有一种直抵生理层面的憎恶。不管以何种方式，我们只要一聊学习，他立马情绪失控，下一秒就开始掉眼泪，继而跳到沙发上冲着我大喊大叫。

为了避免学习，他有很多自己发明的逻辑推理，对此我嗤之以鼻，却又很难将其攻破。小黑子在写作业这件事情上毫无诚信，并且斤斤计较，酷似一个正在艰难度过更年期以在菜市场占上风视为最终胜利的中年大妈。我倒没什么，除了气得胃疼，有时也会短时间暴走一下，用明显高出他的分贝和频率咆哮，碾压他的嚣张气焰。往往这个时候，他会十分狡猾地变换战术：从身份上谴责我，"你不是一个好妈妈"；从感情上否定我，"唉，你不爱我了"；或者扛起法律武器，"打人是犯法的""我不要你当我的监护人"；再或者苦情戏，"我走！总行了吧""这不是我的家"。到了这个阶段，我失去的理智又回来了，开始思考为什么要生下这只暴龙，十月怀胎的艰辛究竟为了什么之类的哲学问题。

戏剧化的是，我始终无法捕捉到那个能够从根本上扭转小黑子情绪的点。常常在我毫无思想准备的情况下，我并不知道是不是因为我说了什么，或者做了什么，或者出现了某种具备特殊意义的细节，他突然就从暴龙基因突变回人类小乖乖，鼻涕眼泪纵然还淌在脸上，形态却已完全恢复正常，他会光着脚笑嘻嘻地从屋子那头跑过来，抓起我一只胳膊连环亲，柔声说出甜蜜的话，顺便把口水喷在我脸上，那个时候，我几乎就要相信这一切都是我的错。

遗憾的是，我不具备这种在两种情绪频道之间随意转换的功能，战争的阴霾仍然弥漫在我四周，因此，这样的干仗最后都以"妈妈，你怎么不高兴""妈妈，你为什么还在生气"之类来自天真无辜的外星少年之灵魂拷问而告终。换句话说，就是我从来都没有赢过。

令人疑惑的是，暴龙雷克斯在家里奔放开朗，随时向我发动战争，在外却显得腼腆软弱，不敢大声说话，甚至不好意思走到服务员面前去索要餐巾纸，只要条件允许，不分领域不分大小随便哪件事物都有可能令他害羞。部队家属院里孩子扎堆，小黑子既打不过又跑不快，在小伙伴之间的各种较量中表现平平，有一次还动用电话手表请客喝可乐，企图以此维系风雨飘摇的"友谊"。如此种种，无论从物种起源还是从传统教育观念来看，小黑子都令人担忧。不过，作为母亲的我，始终对他抱有一种带着侥幸的信心。

怀小黑子之前我经历过胎停之痛，在长达一年甚至更久的时期里，我反复被一个噩梦惊扰：雾气蒸腾的湖面上，一个小孩儿笑着对我招手，说了声再见随即转身扎进水中，消失在无边无际的梦境。醒来常常泪沾巾，我悲伤又坚定地告诉自己，我的孩子游泳去了，总有一天会回来。对此我深信不疑。

所以，小黑子的降生被我自我催眠又顺理成章地视为那个孩子的回归，我甚至摆出神秘姿态问过他，还记不记得上一次离我而去？他说，记得啊，我和姥姥一起回四川吃好吃的，把你一个人扔在了石家庄。

关于小黑子就是那个游泳小孩儿，我有一个重要证据。

小黑子在运动方面毫无天赋，身体协调能力很差，但唯独游泳学得又快又好。那年，因为暑期计划临时改变，姥爷给小黑子报的"十四天轻松学游泳"必须压缩到五天，我盘腿坐在泳池旁一边抹着驱蚊膏一边见证这个惊人奇迹——第三天上午他还背着三层泡沫塑料在水中扑腾，上岸之后喘着粗气告诉我他喝了很多水，第四天下午就只需要在胳膊下面垫一根细长的漂浮物了，而到了当天晚些时候，在兴奋过头的陈教练的煽动之下，小黑子扔掉了一切，完全实现了裸泳（此处指不借助任何工具的游泳行为）。第五天，陈教练觉得作为一个伟大教练应该教给天才徒弟更多的东西，因此他们开始玩跳水游戏，用各种姿势从不同方向将自己抛进水中，他们就这样跳来跳去，玩了一整天。

严格地说，小黑子只学了四天就会了，对于他在运动领域实现的重大突破，一家人欢呼雀跃，只有我知道，这是意料之中的事，毕竟早些年他在那个雾气蒸腾的湖里已经游了接近一年的时间。而那个湖，正是暴龙雷克斯试图快速穿越以便抓到对岸猎物的湖——小黑子冰霜行者鞋的秘密实验基地。

我时常问自己，我的雷克斯游得一手好泳，这难道还不够我心满意足吗？强迫一只暴龙去熟练掌握各种人类技能根本不科学，只可惜，我懂得这样提醒身边的人，很多时候自己却忘记了这一点。

有一年，我的家庭遇到了未曾料及的情形，其间，雷克斯表现出令人心疼的温顺，他虽不知发生了什么，却又完全感知到了事态严重，作为暴龙，他的警觉始终在线。那段时间雷克斯吃力地收敛性情，不为我额外添忧，他甚至学会了察言观色，在我愁眉不展时安静地坐下来，示意我把头枕到他腿上，两只小手轻轻抓起我的头发，夸赞它们真好看。当时我觉得自己是世上最幸运的人，不仅因为我生下了一只暴龙儿子，更因为我享受到了来自暴龙的温柔，他用并不灵活的爪子抚摩我的脑袋，一遍又一遍，把懵懂又慈悲的爱传递给我。

我很抗拒，却无法抑制眼泪从两边眼角流下来，随后快速填满耳朵，发出火车进站的轰鸣。事情结束前半颗眼泪也不许掉，我原本是这样打算的，一定要等到那一天。

阴霾最终消散了，我和我的儿子，无论他是雷克斯还是小黑子，我们一起熬过了那段险象环生的灰暗时光。那年冬天，我们去了西藏。

想来有几分后怕，我任性又冲动，主意打定便一刻也不肯耽搁，连夜飞抵西安，要坐第二天最早的航班去拉萨。那是我第一次单独带小黑子出门，加之他在特殊时期的乖巧懂事让我麻痹大意了，沿途状况连连把我折腾到半死。

我在咸阳机场附近找了个民宿，想着五个小时睡一觉就过去了，结果小黑子兴奋异常，进屋不到三分钟就把浴室的花洒拆了，接着装果汁的瓶子倒在了床上，为了找他的侦探徽章把行李箱里所有东西扯出来扔得满地都是，还趁我不注意搭着椅子爬上窗台，试图揭开一幅装饰画，他认定后面有机关暗道，能从中寻到宝藏或者一只小花猫什么的。

如果我足够冷静和理智，第二天我会选择打道回府，但我没有那样做。飞机快要降落在贡嘎机场的时候，小黑子显然是被大自然的鬼斧神工震撼到了，他指着舷窗外的雪域高原大喊，妈妈快看，大山尿泡了！我冷眼旁观，心想，你们恐龙时代就只有热带雨林吗？

去酒店的路上，我提醒他保持安静不要跑动，否则会出现高原反应。结果话音刚落人就没影了，我四处找寻，心提到嗓子眼儿，在吓晕过去的前一秒总算捉到那个虚晃着尾巴的家伙——他被一步一叩首的朝拜者吸引，整个人看呆了。之后我一直钳紧他的爪子，生怕再有闪失。

参观布达拉宫的过程还算顺利，不料最后阶段的下坡路惹得雷克斯兽性大发，他以体能极限的最快速度不顾一切俯冲下去，奔跑姿势笨拙却明显带着挑衅。我火冒三丈，一边担心剧烈运动引起高原反应，想追又不敢追，不追又不放心，脑子里放烟花般冒出各种糟糕场景，其中最坏的一种是我晕倒在地游人围观，毫不知情的小黑子落单后被坏人抓走……想到这里我不顾一切跑了起来，不管怎样，先抓住他再说。

折腾回酒店我头痛欲裂，胸闷气短，小黑子贴心地给我打开氧气瓶，轻声斥责道："妈妈，我跟你说过很多次了，要冷静，你怎么总是控制不好情绪。"他凑到我跟前，忽闪着一双迷人的大眼睛，鼻尖细密的汗珠闪耀着星光。我心想，可惜了，这么漂亮的小宝宝居然是恐龙伪装的。

从那之后，我提高警惕，再不敢单独带他外出，他似乎察觉到了这一点，时不时挑起话题，描绘出各种母慈子孝的出游蓝图来刺探我方虚实。早些年我和老崔自驾去川西没有带他，小黑子便经常拿此事做文章谴责我们贪玩、不顾孩子，同时表示他对那片神奇土地也颇为向往。对此我不接招也不拆招，尽量采取回避战术。

但最终还是他获得了成功。那次 J 作陪，我们在贡嘎山脚下泡了硫黄温泉，去磨西古镇吃了核桃花炒腊肉，又经历了阴雨绵绵寻冰川而不遇的美丽意外，一路轻松愉快。返蓉后，我惦记着三角峰，因为来回路过雅安都没吃成，遂在玉林街找到一家口碑不错的老店弥补遗憾。大锅煮小鱼，滋味香浓，我拓出双倍肚量放肆开怀，却不知小黑子已在实施各种恶作剧的饭后消食行为，当我意识到情况不对，正好看见他把口水吐在了 J 的碗中。

这彻底超出了我的容忍，我快速结账离开饭店准备好好给他上一课。他倚在路灯下死不认账，尖叫着反复强调自己不是故意的，还反过来怪我冤枉他。拒不认罪罪加一等，震怒中我扇了他一巴掌。

右手拍在左脸上，清脆高亢的声响，结结实实，明明白白，当事者、围观者、路人以及散步的流浪狗都看见了。他瞪圆双眼，大颗大颗的泪珠子直往外蹦："你打我？你打我！我不要你当我的妈妈了！"凄厉的哭喊瞬间盖过了我的气恼。

我心下一惊，悔恨不已，错了错了，扇巴掌绝不是和暴龙对话的方式。看样子雷克斯不打算原谅我，他以暴龙的惊人力量挣脱了 J 的手臂，甩开尾巴狂奔起来，毅然决然地穿过马路，狠狠冲撞着阳光与空气，是的，既不看灯也不看车，把我嘱咐过的交通知识忘得一干二净。那一刻，我绝望地感到我失去他了。

2021 年的一天，暴龙雷克斯在海里游泳，我坐在沙滩上看到一个少年，游得惬意松散，他的体格正快速壮大，尾巴在水中若隐若现。有时他会突然想起什么似的到处找寻我的身影，又在即将看到我的前一刻失去耐心，这令我们彼此都察觉出一丝陌生。我猜这种陌生还会持续加重，抵达峰值再回落，最终找到平衡点：那个能让暴龙雷克斯、小黑子和我感觉自在的，倒不一定令所有人都满意的成长方式。

小动物爱好者之家

前段时间，小黑子写了个《买猫记》，巧妙地将偶发事件、巧合与客观事实串联起来，描述出一个孤单小孩儿如何渴望猫咪陪伴，而他狠心的母亲又是如何制造障碍言而无信，害他美梦最终破灭的悲伤故事。不得不说，全文行笔流畅且情感充沛，是篇能拿优等的好作文。

但完整的事实果真如此吗？那晚我在床上辗转难眠，回想起这些年被迫养过的小动物们，我原本毫无喂养爱好，小黑子却屡屡萌生出宠物心愿。故事要追溯到八年前，一开始他的目标是狗，我们去了花鸟鱼虫市场。

那个时期我热爱多肉，顺带也养栀子、茉莉。前者还好，华北平原光照充沛，只需把控土壤湿度，保持通风，大可将那些迷人的小不点养出排山倒海之势。不过栀子、茉莉这样的南方植物就比较凄惨，从抱回家那一刻起，就得拿出照顾绝症之人的心态，尽可能延长其生命，想办法减轻其痛苦。每天每夜，叶子懒懒散散地掉着，花苞也跟着掉，好不容易开一朵，却只是犹抱琵琶半遮面，未及盛放，便头颅低垂，尽显娇弱颓唐。可我仍然义无反顾，周而复始地养，我喜欢它们的芬芳，也喜欢叶子和枝丫的形状。说这些好像偏题了，其实是为了解释一下为什么买狗要去花市，我想趁机再买一盆香花，同时打着小算盘，希望那里没有卖狗的，因为我十分抵触养狗这件事。

好消息是我们转遍了整个市场压根儿没听到半声狗叫，并且，一盆膀大腰圆、已经开了若干朵花的栀子到手了，看那稳健态势至少能撑仨月。坏消息是小黑子决定不买狗了，因为他看上了仓鼠和兔子。

仓鼠到家不到五分钟就失踪了，我正在按照店家提供的须知给它组建三层别墅，扭头一看纸箱子里空空如也。小黑子刚满四岁，所有问题对他来说都只是有趣的游戏，他在玩具堆里兴奋地翻找着，鼠宝宝躲进了某一辆赛车，要和他捉迷藏。而我紧张地周旋在沙发底下、床底下，用拖把横扫，怕它把屎拉得到处都是。到了傍晚，我担忧这只活泼的鼠小弟晚饭没着落，于是把它的专属饭盆摆在客厅中央作为诱饵，两个小时过去了，毫无动静，那个时候我差不多已经绝望，毛茸茸的小身体肯定困在了什么地方，现在又渴又饿，它有毅力熬过今晚吗？如果它饿死了，鲜活的生命慢慢变得冰冷，然后腐烂，发臭，惹来一堆蚂蚁……夜间我猛然惊醒，耳边传来咔嚓咔嚓的声音，假设一下，此时它正在啃咬电线，那么最坏的结果是什么？身旁的小黑子正睡得香甜，看样子我们都把屋外的长耳朵兔忘得一干二净了。我赶紧跳下床，从冰箱里抽出一根胡萝卜，又掰了几片白菜叶子。兔子怨恨地瞪了我一眼，然后烦躁又享受地开始进食。我怕它冷，回房间找了一件年代久远的秋衣搭在笼子上。

第二天清晨，物业打来电话，礼貌地询问兔笼子是怎么回事。我打开门，楼道里臭气熏天，要不是亲临现场，根本无法想象，一只通体雪白、憨态可掬的长耳朵兔，居然整晚都在施展魔法，秋衣不知所终，附近墙面沾满了不明物，金黄色液体沿着楼梯顺流而下，我呆立笼前，仿佛置身养猪场。不幸中的万幸，当我把兔子拖进浴室，准备给它洗个热水澡，猛然发现一对圆溜溜的小眼睛，鼠小弟悬挂在沐浴露的泵头上，惬意地荡着秋千。目标物现身，我顺藤摸瓜，被它爬过咬过尿过的景点不完全统计：香皂、化妆棉、口红架、扫地机器人。半个小时后，窗户玻璃在小黑子的哭号声中颤抖，我把仓鼠、三层别墅以及它的各种零食玩具打包送给了同事海龙（他也有一个酷爱养小动物的儿子），一位热心的老乡阿姨接走了那只魔法兔。

因此，我想说的是，我抵触养狗，也抵触养仓鼠或者兔子。

但该来的终究要来。大概过了半年，小黑子又开始新一轮的孤单病——渴望小动物陪伴。他爬到沙发上卖萌，发出呜哼呜哼的声音，模拟怀里抱着一只小狗的温馨模样。老崔显然招架不住了，当即带他出了门。临出门前，老崔递来一个眼神，意思是他自有妙招，管它调虎离山还是狸猫换太子，总之，一番智慧操作过后这场危机将会得以平息。于是，那个下午我独自在家享受安宁，岂料，之后很长一段时间安宁都没再光顾过我的生活。

两个人欢天喜地地回来了，抱着一只狗，名字已经取好：毛球。我这才明白那个眼神我会错了意，逃命似的把自己锁进房间，大声宣布：狗必须进笼子，否则人不出屋。但谁都不肯听我的，伴随着兴奋尖叫和自以为是的驯狗口令，那只叫毛球的小可爱在屋里横冲直撞，不难想象，沙发、茶几上一片狼藉，我的盲盒娃娃、梳妆台、多肉花架，都被它光顾过了。但失去这一切的痛苦仍无法鼓动我打开门去加以制止，因为我害怕它猛扑到我身上，它的叫声令我心惊胆战。最后，我在狂怒中不停哭喊，屋外终于安静下来。

我每天的任务是换尿垫、狗盆添食物、确保自动喂水器里有水。屋外曾经弥漫的臭味就这样理直气壮移到了屋内，显然老崔和小黑子都不是真正的爱狗人士，折腾几天新鲜劲过去之后便不再搭理，毛球深感失落。只有我反复走到笼子前面，它感激地冲我直摇尾巴，一副可怜样，因此我也不忍心告诉它，我只是过来检查笼子锁好没有。我怕它突然跑出来。

在刚开始记事的年龄，我就遭遇过一场恐怖袭击。去食堂路上，妈妈提醒我，可能会有一只狼狗，你跟着我别跑就没事。我听完还没来得及点头，就瞥见小山似的怪物蹲在路边，我扭头就跑。于是迎来了人生第一次百米冲刺，我双脚离地跑得飞起，近乎咆哮的犬吠紧贴着后背。至今想不明白，那只高大威猛的狼狗为何非要追赶一个斯斯文文的小姑娘？院子里鸡飞狗跳，最后我扑进一位陌生阿姨的怀中，裤子被咬出了大窟窿，再晚一步屁股就要完蛋。说这些并非偏题，我得解释清楚我为什么怕狗。奇怪的是，向来没人照顾我的怕狗情绪。

童童从部队休假回来，为家中混乱再添一把火。毛球萎靡不振多日，老崔的看法是运动不够，狗得经常拉出去遛。点到为止，他也只是说说而已。小黑子不作声，因为之前我谴责他，每天幼儿园放学第一件事就是把毛球抱出来训练，科目很单一，抓住小狗两只前爪猛转圈，声称可以培养成坐飞船的太空狗。我怀疑毛球骨折了，内脏也可能出了问题。童童认为是孤独所致，遂提出一个惊悚的计划，不久前她的闺蜜芳芳家下了狗崽儿，她准备要一只回来给毛球做伴。这个计划的执行力有多强呢，当天晚间，家里的新成员就到位了。

毫不夸张地说，两只狗聊了一整夜。翌日清晨，物业又打来电话，称投诉者众，我说我也想投诉。接下来，我的养狗任务变得更为繁重，除了原先的老三样，还要控制狗叫：通过调整两只笼子的相对位置制造交流障碍，给它们听音乐放电影转移注意力，我还试过以毒攻毒把它们放进一只笼子。至于定期打针洗澡剪指甲，我已摸索出一套全程免接触将狗在笼子和宠物包之间来回转移的招数，宠物医院的小伙子看傻了眼，他从未见过如此矫情的狗主人。

我坚持了整整两个月，每天与狗周旋，心情烦躁，睡眠不足，精神高度紧张，淘宝上的购物记录几乎被宠物用品淹没。那天我搬了张小板凳坐到狗笼子前，问它们顺便也问自己，究竟是如何陷入这样的生活的？两只狗正在要我的命。海龙打来电话，颇有些欲言又止的意味，想必小仓鼠给他家也带去了不少麻烦。正在我大脑飞转踅摸另一位下家的时候，海龙抱歉道，仓鼠养得太胖估计得了三高，前几天又生了一窝小崽子，他儿子乐疯了，却一只也不肯还给周阿姨。

原来如此，不是小动物的问题，是我的问题。我来不及羞愧，急于向海龙表明我的坚定立场，仓鼠全归你儿子并且没有时限，唯一要求是此事必须对小黑子保密。看到我接电话，两只小家伙莫名其妙变得亢奋不已，一边狂吠一边使出平生最大力量要将笼子掀翻，制造出地震效果。底盘的尿液四处飞溅，空气中涌动着一波又一波温热的兽类气息。那一刻我很想哭，我真的无法理解这一切，也捋不清各种苦难的前因后果。于是我做出了反常的事，主动打开笼子，心想，出来吧，毁灭吧，我倒要看看究竟还能有多糟糕。

一只泰迪和一只雪纳瑞，它们的臭味是不同的，当然叫声的区别也很大。毛球尖厉，钢丝刷挠玻璃般，雪纳瑞（看看吧，至今两位伪爱狗人士都没有为它取名）浑厚粗野，似一介莽夫执棍乱搅泥浆。至于它们的吃喝拉撒我已不想再提，以上就是我的养狗体验。好吧，还需要补充两点，一是网上知识的参考价值极其有限，二是我承认我的无能，即便我始终都在善待它们，却从未感受到一丝愉悦。等不到童童再次休假回来，我拨通了她的闺蜜芳芳的电话，希望她能做回雪纳瑞的主人，顺带收养它的好兄弟毛球。

没有人能够否认的是，孤单真的是一种病。我不是指孤单本身，而是由此引发的各种花式折腾。小黑子的孤单源自对亲情对友谊的渴望，关于陪伴，他内心充满了丰富而天真的想象。他认为如果我给他生一个小弟弟或者小妹妹，他就会变得乖巧懂事，并且从此洗奶瓶换尿布肩负起抚养同胞的责任，我断然回绝了他。然后他就可怜巴巴地提出另一个要求，买只小青蛙。

我们又去了花鸟鱼虫市场。年年岁岁人不同，故地重游，心中难免感慨二三。我的多肉早已枯萎，栀子和茉莉的香气也暌违多时。小黑子看中了一对角蛙，配了长方体的玻璃缸，依据他的审美点缀了苔藓、石头、钓鱼翁、海绵宝宝贴纸。店家说，角蛙没有臭味，不会叫，保证温度和湿度即可。听到如此友好的须知我差点儿扑过去拥抱那位和蔼的大叔。

角蛙给我带来的挑战是喂食。百科全书上说蛙类不吃静止的食物，它只吃处于动态的，我万分遗憾地表示全书只说对了一半。搁在石头造景上的肉粒它们果然不碰，我想，如果饿极了呢，也不吃吗？全书上又说角蛙二十天不吃东西都饿不死。于是我的实验开始了，每天喷水，定时更换新鲜肉粒，五天之后，其中一只已了无生气。负罪感深深抨击了我自以为是的认知，同时我感受到了生物习性的执拗，宁愿付出生命代价也不违反规定。为了加倍善待幸存者，我决定亲自下楼挖活物，院里一群叽叽喳喳的小朋友听说是喂青蛙，都积极参与进来。小朋友们帮了大忙，他们敢直接上手拽出正往土里逃窜的蚯蚓，还抓了些叫不出名字的爬虫，而且看上去入戏颇深，一边把猎物抛进桶里一边咂着嘴模拟青蛙大喊美味。也正是因为虫子找得太过顺利，角蛙的表现才令我格外失望。情绪上的大起大落对于一个三十多岁的女人来说究竟意味着什么？衰老加剧，喜怒无常，或者更为执着。

爬虫爬遍了玻璃缸每个角落，最后耗死了，角蛙还是不吃。于是我开始进行人工干预，用小镊子夹着美食在角蛙眼前晃悠，不断调整距离方位，一蹲就是半个小时，腰酸腿麻。角蛙还是不吃。有几次我烦躁不堪，用牙线撬开它的嘴硬塞进去，结果它全都吐了出来。后来我又展开分析，得出结论，也许它不喜欢我。试想一下，有个讨厌鬼守在跟前谁会有心情进食呢，遂找来棉线把虫子吊起来，我躲在远处遥控指挥。它还是不吃。蛙的执拗也激起了我的执拗，每天下班回家不干别的，就喂青蛙，我看它能扛到什么时候。老崔和小黑子齐齐喊饿，我大吼道，今天如果它不吃，谁也别想吃。说来辛酸，最后的下台阶是我自己找的：室内温度不够，青蛙处于冬眠状态。事实是，明明是夏天。

见识过了水陆两栖，我又专职喂养过一批迷你水生动物。小金鱼、小河豚、小虾、小螃蟹，还有水母。老崔、童童、小黑子，或单独购买，或组团选购，扔进水里就不管了。剩下我守着鱼缸不停地"识万物"，认识它们的名字，了解它们的习性，吃什么，水温多少摄氏度，即便如此，也挡不住几乎每天都是哀悼日。每死一只，都要进行传统的土葬，埋进家里那盆四季常青的也门铁里。我趁机给小黑子灌输知识，物质不灭，万物轮回，他听得似懂非懂，指着其中一片叶子说，妈妈，我要小河豚长在这里，然后小螃蟹长在那里。我慈爱且用力地捏住他肉嘟嘟的脸蛋，温柔道，没问题，妈妈祝你美梦成真。

然而我的噩梦还在继续。和小仓鼠一样，芦丁鸡也给我带来过巨大的挫败感。那是数不清小黑子第几次孤单病了，我们去了真正的宠物市场，走在狭窄热闹的通道里，熟悉又令人痛苦的宠物气息始终折磨着我。大脑里警报频仍。老崔和小黑子看中了一只斗牛犬。说这些我并无恶意，尤其是狗狗爱好者们千万不要误会，但我实在欣赏不了斗牛犬的扮相。他俩，再加上热情的女老板，花了二十分钟反复赞美那只棕黑相间的斗牛宝宝，漂亮、神气、"萌萌哒"。我站在旁边像一只努力忍住不让水开的烧水壶。终于，价格谈拢，人们脸上绽放出满意的笑容，狗狗配合就范，小黑子的新伙伴眼看就要到手。千钧一发之际，我浑身颤抖着冲上历史舞台，嘶吼道，不许买！买了我就离家出走！

这就是芦丁鸡的由来。老崔为了安慰惊魂未定的小黑子，请他在蜥蜴和乌龟之间做决定，然后小黑子选择了一座造型别致的鸡窝。客观地讲，那对连窝端的小鸡仔养起来并不怎么费劲，放置阳台，保证水和饲料即可。但我弄不清楚什么原因，它们总是整晚鸣叫，声音并不大，远远够不到物业来电的地步，老崔的睡眠却因此受阻，大手一挥，命令小黑子火速将芦丁鸡转移。经过多番沟通与拉扯，小黑子同意将他心爱的宠物寄养到好朋友李昊洋家，据我所知，他家两条大狗养得油光水滑，他妈妈还经常给孩子们蒸包子烤蛋挞，是小黑子梦寐以求的完美妈妈。

我的挫败感抵达顶峰是一个星期五的傍晚，小黑子去李昊洋家"探亲"，颇为失落地带回一个消息：芦丁鸡每天都在下蛋，李昊洋家的蛋多得吃不完！小黑子责问我，妈妈，你怎么什么动物都养不好呢？我略显尴尬地点了点头，首先对他如此全面准确地概括我的喂养能力表示赞同，然后试图说服他，妈妈在其他方面的表现多少还是可圈可点。没想到在不久的将来，我又栽了。

关于养小动物的故事也许永远不会结束，乌龟、寄居蟹、小仓鼠第二轮、泰迪第二轮、泰迪第三轮我都可以略过不写，因为天底下的痛苦与煎熬总是如此相似，无非是强忍泪水咬牙坚持，终归化作云烟。话题结束之前，有必要说一说我被骗的经历。

这恰恰是我最为心甘情愿的一次。有一天，小黑子的孤单病又犯了，他没有卖萌也没有声东击西，一反常态地跟我谈起了心。他的口才很好，词汇丰富，声情并茂，我全盘接收到一个即将告别童年的小男孩儿始终没能拥有一只心仪小狗的忧伤。小黑子说，妈妈，我知道你不喜欢养狗，以后等我长大了搬出去住，到那时候我再养吧。瞧瞧，多么隐忍、多么善解人意的好孩子啊！当时我泪花闪闪，被悲悯冲昏了头脑，几乎抱着赴死的决心要再向虎山行。

"只可惜这样一来，我的童年就永远都是残缺的、不完整的。"小黑子以强有力的收尾结束了演讲。我紧紧拥抱了他，伏在他耳边许诺道，妈妈给你买，给你一个完整的童年。这次他的目标是柴犬。我们去了狗市，场面再次混乱不堪，老崔和小黑子犹如踏进了大观园，从最小的鹿犬、茶杯犬到博美，再到拉布拉多、黑背，见一个爱一个，马上就要谈价钱。我不得不反复提醒，柴犬，柴犬。奇怪的是，市场上根本寻不到柴犬的踪影，按照以往惯例，只需找个替代品（品种不论，大小均可，因为他也逛累了，也想赶紧回家）就能暂时平息小黑子的孤单，但我还沉浸在不完整童年的魔怔中，当即表示无论如何都要把狗买到手。

我转战网络，购物平台输入关键词一搜，满屏呆萌小柴犬。然后店家以方便选狗为由引导我加了微信，然后发过来三条制作精美的小狗视频，我觉得不够，要求多发几条。然后我上网查询如何挑选柴犬，按照须知选中了其中最符合条件的。我马上就要下单了，老崔疑惑地问，网上还能买狗？小黑子也察觉到了不对劲，摁住手机劝我，妈妈先不要买，我觉得狗狗还是得看着挑。那个时候我走火入魔，一意孤行，把买柴犬和完整童年画上了等号，加之店家在微信上催促，再不买别人就要了。于是我不再犹豫，火速转账，然后火速被拉黑。

那晚我独自在沙发上呆坐到半夜，查询各种投诉方式。最后我终于认清并接受了一个事实——我遇到了卖狗骗局。老崔和小黑子轮番来劝，童童也从外地打电话来安慰，但是他们说得越多，就越揭露出我的愚蠢和缺乏社会经验。我被骗之后，小黑子消停了很长一段时间，不再提狗，也算是因祸得福吧。

通过对周围亲友的走访了解，像我们这种模式的小动物爱好者之家实属独有。听完我的描述，大家都表示不可思议，不可能啊，小动物很好养的，费不了什么精神。因此，这些经历对我来说更像是一种考查、检验，让我更清晰地认识自己：我四十岁出头的人生尚未发现特别擅长的领域，却完全有资格列举出一系列特别不擅长的。每次都全力以赴，换来的却总是不尽如人意，难道这就是生活给我的教训吗？倘若果真如此，我想我也只能虚心接受并且心怀感激。

此文的措辞和观点照小黑子看肯定会产生大量争议。我不着急，获得他的理解是迟早的事，我希望到时候他可以重新写一篇作文为我正名，不求歌功颂德，但题目最好不要是《我妈妈很笨可是她很认真》《论养不好小动物的母亲能否养好小孩》之类。

喜 相 逢

刚到石家庄那几年，作为一个周末无所事事的单身青年，我经常坐火车去华北油田找姑姑，那里有两个无比可爱的小侄女，按捺着焦急趴在出站口的栅栏边，比赛从乱糟糟拥出的人群中找小姨，谁先找到谁就先让小姨抱起来转圈圈。

我的人生经历原本简单，却因遭遇过某些尴尬处境额外漫长了许多。那天座位靠窗，我期待着一路的平原风光，尤其是初秋傍晚独有的苍茫悲凉值得好好感受一下。我这个孤独的人，我想。

火车临近启动，一个白白净净的女孩儿匆匆闯进车厢，架着副金丝眼镜，她四下找寻，碰出鸡飞狗跳的动静，最终礼貌又俏皮地冲我一笑，在我身旁落座。正是这个人，完全打乱了我的计划。

说来有些莫名其妙，我们就那么没心没肺地聊了起来，火车刚过晋州，已经相互把星座属相生辰八字来龙去脉都交代干净——她在河北医科大学学法医，家住唐山，准备周末回家休息；而我在军校当化学老师，姑姑家在任丘，准备周末省亲蹭饭去。

当时还是 K 字头的老式火车，摇摇晃晃惹人沉醉，似乎是源于成长环境截然不同的两个人对彼此人生经历萌发出的浓烈好奇，我们越发投机，不时开怀大笑，惹得乘客纷纷侧目。如今想来，与其说是交谈倒不如说是演讲，显然整个车厢都收听到了那些天马行空的话题。我暗自惊讶，自己什么时候变得如此开朗，莫非真是因为孤独？至于欣赏窗外风景的计划早忘得一干二净。

气氛在谈及一位经验丰富的法医究竟见识过人体何等程度的可怖形态以及在这种情况下还能保持何等程度的从容与冷静时掀起了高潮，我瞪大眼睛，听得呆若木鸡，而她，完全不顾其他乘客的心理承受力（也没有顾及我的，大概她认为我在医学院校工作，各种形态的人体组织已司空见惯），眉飞色舞地描述着各种惨烈的案发现场。

人群突然骚动起来，四周变得很吵，一个轻柔又坚定的女中音夹杂其间，字正腔圆地说着什么。不对劲！我本能地站起身，茫然环顾四周，愣了几秒钟复又坐下。未来要当法医的唐山女孩儿还沉浸在滔滔不绝的演讲中，我推推她，是到任丘了吗？

糟糕，你坐过站啦！她指着窗外的站牌大喊，于是整个车厢都知道了这个消息，大家都朝我们这边看过来，有惊叹，有笑声，还有低声议论。我赶紧收拾东西，慌乱中水杯啪一声滚落到地上，引起了更多人的注意。我捡起杯子，杯盖却不知所终，时间紧急只能放弃，可那摊茶水无疑给列车员添了麻烦，心中又不免生出许多歉意。唯一值得庆幸的是，前排大叔替我从架子上取下了行李袋，不然我会将它忘在车上，制造出更多笑话。

而我特别想说的就是那种尴尬，先前有多欢脱，眼下就有多狼狈，众目睽睽，我最害怕面对的情形。我努力撑着，让自己的面部表情不至于垮掉，但显然它已经垮掉了，我想所有人都在笑话我，我感到无地自容，在哨音的催促中跳下火车。

于是我邂逅了那个叫霸州的冰冷小站。几柱昏黄的路灯立在空荡荡的站台上，夜色寂寥。华北秋冬季节就是这样，上一秒天还亮着，眨眼间天就黑完了。我给大姑打了电话，又去窗口补票，售票员说越晚的车次晚点越严重，至于晚多久就要看运气了。候车室里空空如也，我独自坐在离检票口最近的椅子上，脑子里复盘着火车上发生的一切。

越想越不真实，自己竟然因为一个萍水相逢的陌生人而坐过了站。车上那些人会怎么看我？一个荒唐的、冒着傻气的年轻人，如此轻易暴露自己的身份与诸多隐私，并且忘乎所以坐过了站，浪费了时间，错过了与家人团聚的美好傍晚。他们可能还会想，好家伙，再多聊一会儿过了霸州就到天津了，姑娘可长点儿心吧，这么下去迟早被拐走。

那个唐山女孩儿是坏人吗？我觉得不可能，相比之下，附近的流浪汉更令人担忧，他们斜靠在窗台边的暖气片上，两个人轮班，每过五分钟就转悠过来对我上下打量一番。对此，穿深蓝色制服的工作人员并未加以干涉，只是板着职业面孔提醒：今天只剩一个车次了，打起精神，别再错过。之后他就闭目养神，一个字也不再说。

我的难过并没有在那晚回到大姑家而告终。实际上，它困扰了我很长时间。火车上聊得火热时，唐山女孩儿问我要了所有的联系方式，电话号码、QQ 号和电子邮箱，兴高采烈地规划着回石家庄之后的约会，然而日子一天天过去，她却从未与我联系。我越发感觉不真实，仿佛这个人凭空消失了，或者根本就不存在，还是说她生病了，遭遇了什么重大事件？

某种强迫症心理促使我总是在周末有所期待，其中包括再次去任丘的火车上我会怀着与她重逢的侥幸。那些日子，吹风机嗡嗡响的噪声里似乎也塞满了站台上急促的哨声，一遍遍提醒我嘲笑我，我很难坚持到将头发完全吹干。

幸而时间是一剂良药，半年后，这件事情终于被我放下，哨声也渐渐消失。又过了几个月，有个周日下午，她突然给我打电话，叫我去火车站接她，然后就匆匆挂断了。

去还是不去？我郑重地同自己商量着。虽然我认为这完全没有必要，因为她的大学在城市东北方向，而我身处西二环，何况这么久都不和我联系，现在想起来了，叫我去我就得去吗？但出于礼貌和对往事的尊重我觉得还是去一下比较好，关键我很好奇对此她将作何解释。

她站在出站口显眼的位置，白白净净的样子，戴着我坐过站那天的金丝眼镜，还是一副可人模样。我笑着跑过去，心中涌起一阵暖流，无论她说什么怎么解释都没关系，重要的是我们又见面了。我想以后有的是时间。

然而不到一分钟，我们就互道再见，再次别过。

我站在偌大的站前广场，左手是失而复得的杯盖，右手是一个六边形纸盒，上面写着唐山特产蜂蜜麻糖。坦白说，我怀疑她在搞恶作剧，她应该躲藏在附近，看着我手足无措的样子哈哈大笑，然后突然蹦出来，吓我一跳，像老朋友那样和我手挽手肩并肩向前走去。

但是过了很久，也没有任何意外发生，分针回归原点，车站钟楼开始整点报时。我确定自己应该离开了，就迈开步子往回走，一步一步走回学校。沿途看风物流转，车水马龙，发现城市街道司空见惯的种种场景竟如此陌生，我的心强有力地跳动着，似乎在提醒我鼓励我，试着去思考，人与人之间的可能性。

的确出现了某种好感，至少在当时，在狭小又无聊的空间内，在年龄相仿思想单纯的女生之间。至少是我，对她产生了一种喜欢，或者说一种暂时的依赖。她的双手纤长，脸颊皮肤近乎半透明，说话时嘴唇漾起微笑以及那种微笑的侧面，都打动了我，还有高挺利落的鼻梁，泛着瓷器光泽，令我心生羡慕。

而她看我的眼光又不同，她夸我漂亮、气质出众，还要把她哥哥许给我，以后我就是她嫂子。我立马羞涩起来，暗自想象了一下，我们成为一家人围在一个桌上吃饭，闲暇时就挽着胳膊逛逛街做些手工小玩意儿。

我来回思索，反复回忆各种细节片段，仍然想不通，人与人之间应该有怎样的可能性？见面是朋友，转头便成陌路？我原本平复的心情由于唐山女孩儿的再次出现又被搅得乱七八糟。

那年春节，这种困扰似乎出现了转机。一张老照片——年轻的爸爸和一位年轻叔叔的重影侧面照，那个年代流行的合影方式。小小照片上端印着一排小楷：山城喜相逢。两个神采奕奕的年轻人，眼里满是欢欣。每次翻看这张照片，爸爸总会脱口喊出对方姓名，脸上挂着笑容，我猜他们一定是交往颇深的挚友，某年某月某日在重庆巧遇，意外又惊喜。实际上并非如此。

爸爸告诉我，1977 年，他们在重庆火车站认识，相谈甚欢，就一起去照相馆拍下了这张合影。我知道那时候的照片需要好几天才能洗出来，就问他照片谁取的，后来经常见面吗？没有了，再也没有见过。爸爸说，照片大概是一年之后他寄给我的，我按照那个地址给他写信，他没有回，之后就不再联系了。

我不由得睁大了双眼，历史总是惊人的相似！没想到爸爸也经历过和我类似的相逢故事，我们都遭遇了对方长时间的"不联系"，算起来，1977 年爸爸的年龄和我坐过站时的年龄正好一样，甚至对方唯一一次联系也差不多都是相逢一年之后出现的。

为什么会这样？我问爸爸。我把坐过站的故事讲给他听，然后又提起了那个曾困扰我许久的疑惑。当时明明聊得那么开心，眼神中也都是欣赏与认可，我以为交到了好朋友，会是友谊地久天长的结局，结果转头就消失在茫茫人海，杳无音信。

生命中的相遇，美好而愉快，又何必追问过去未来？爸爸说。

我想，这个回答并非爸爸当年的想法，只有饱经阅历的长者方能如此豁达开阔。而我显然还没有达到这个高度，还需要假以时日，还需要在种种执念里继续转圈圈。

天蓝色的半身裙

少女时期我曾有过一次危险的经历。

那是属于 20 世纪 90 年代初期的疏朗夏夜，我和 W 手挽手去街上闲逛。我穿着白色大翻领衬衣，喇叭袖口镶有一圈蕾丝，轻盈飘逸，纤细的手腕若隐若现，就像电影里的欧洲贵族小姐，戴着红宝石戒指的手优雅地拈起银勺，红茶里搅一搅，再随意地冲空气画一道弧线。想到这里，不禁为之飘飘然。这也是我当天装扮最为中意的地方。除此之外，是缀着荷叶边的半身裙，洗得有点儿旧了，它其实还有配套的短袖上衣，海军风格，出于某些说不清的缘由，我很少整套一起穿出门。对了，我脖子上还有一条鸡心吊坠的银项链，它闪耀着星河般的光辉，任何一位少女戴着它都会为之雀跃，光彩照人。但这一切在 W 面前都黯然失色。W 走在我右边，像一颗发光的、香气扑鼻的苹果。那段时间她长得飞快，胸脯鼓起，个子已超过我半头，短发在晚风抚慰下调皮地反复扑打脸颊，W 只得不断将它们拢到耳后。有好几次，我转过头和她说话，恰巧被路边商店的灯光晃到眼睛，W 的轮廓在逆光中仿若女神。

她没有项链，她的白衬衣也没有喇叭与蕾丝，但她太好看了，加上说话声清脆响亮，惹得路人频频侧目。甚至有人从小饭馆里走出来，手中握着啤酒瓶，醉意蒙眬地搜寻着刚才一闪而过的漂亮女孩儿。我开始感到不自在，其中既有被众人打量的腼腆，又有对她过分高调的不满。她比我漂亮多了。举个例子，她的牙齿又白又小又整齐，可以毫无顾忌地大笑，我却不敢，因为我上排两颗门牙长成了一本书打开一半的样子。在和我聊到她表哥把收到的情书折成纸飞机却意外着陆到教导主任脑袋上时，W 整个身体像一块竖立的波浪前后起伏，由于我们的胳膊自始至终缠绕在一起，在她的带动下，我也只好吃力地跟着摇晃。我的不自在由此抵达了顶峰，继而生出些恼怒。我希望 W 赶紧笑完，然后我要迅速夺取话语权，问问她那个后妈最近又有什么新花样。

老实说，我有点儿喜欢听 W 骂她后妈，看她不假思索地吐出粗话。有时她甚至会不间断地说出一连串。W 太放肆了。我一个脏字也不敢说，不过也没关系，光是听她说，我就已经体验到足够多的负罪感甚至青春叛逆期的奇妙乐趣。

W 是我的邻居，我们认识时还不到五岁。当时每天聚在一起的孩子有七八个，除了我俩之外都是男孩儿，但要论翻墙跳楼打架那些冒险行为，W 样样都不比他们逊色，这样一来，胆小谨慎的我便成了其中的异类。但我没有别的玩伴，坚持跟他们一伙，哪怕大部分时间都充当观众，也要从傍晚熬到天黑干净。后来我找到了自己的角色：出点子。时光飞逝，眨眼间我们背起书包成了小学生，不再满足于疯跑瞎闹，时常坐在低矮的院墙上发呆。这种无所事事太难忍受，于是我站出来提议，不如举行一场联欢晚会，接着就开始安排这个表演东西，那个扮演南北。为了方便小合唱站成阶梯队形，我把舞台选在楼道里，结果楼道的灯坏了，我又临时宣布晚会暂停，鼓动大伙儿赶紧回家找手电筒。晚会最终演绎成一场扮鬼狂欢。每个人都用手电筒抵住下巴颏儿，蹲在黑暗处，一有人经过，就立即按亮灯泡，发出鬼哭狼嚎的声音，不出意料地引来一通热闹非凡的臭骂。

伙伴们借助黑暗跑到足够远的地方，用脏话骂回去。虽然吓唬人不是我的主意，但光线从下往上照出鬼脸的招是我出的，大伙儿玩得特别过瘾，都认为应该归功于我，从此我就成了"军师"，策划了无数规模不等、影响力各异的扰民项目。

我们就这样天天玩，一直玩到五年级。有一回，小伙伴发现隔壁单元有人养了一条狼狗，不等我这个"军师"发号施令，W就提议去敲他家的门，门一开狗自然会跑出来，到时候将那狗驯服，大家轮流骑狗玩，关键是，有了坐骑之后，就可以向对面居民楼发动战争，毕竟这帮小孩儿嚣张很长时间了。众人听罢士气高涨，纷纷表示赞同。我扭头就走。我生来怕狗，光是听到狗叫腿就发软，对于驯狗、骑狗这种近距离的危险游戏，我连当观众的勇气都没有。之后很长一段时间我都不敢独自下楼，怕突然蹿出个摇尾巴的不速之客。

有一天，W 来我家，说出两件可怖的事情。一是她妈妈得了很严重的病，要在医院里住三个月。二是她自己得了更严重的病，可能很快就要死了。我问她什么病，她说流血。直到现在，我还对当时的心惊胆战记忆犹新，我们把房门关上，又咔嗒上了锁，W 站在屋子中央像一只鸵鸟那样静止了几秒钟，然后咬咬牙，唰地褪下裤子。我探过头去，天哪！真的是血，猩红色的一大摊。我的腿立马软了，不知道如何安慰她。她仍然是健康的样子，圆脸红扑扑，嘴唇边有颗痣，眼珠子是棕色的，头发颜色也是，看上去总有些像外国人。我无比惆怅地想，有没有可能就是因为她像外国人才得了那种可怕的病？我不太确定她有没有带病坚持驯狗，我黯然神伤地坐在窗户边上，还像往常那样倾听楼下动静，小伙伴不断发出短促的命令，笑声与尖叫声中依然夹杂着兴奋的犬吠，我却再也无法感知其中的欢欣。

又过了一阵，天气热了起来。W 在星期天的下午找到我，邀请我去她家玩。她家里一个人也没有，特别干净整洁，有种教人害怕的清冷。后来我才明白，房子空着的时间长了就是这种感觉。W 告诉我，实际上她没有生病，流血是一种正常现象，每个女生都会这样。我马上反驳，我就没有，难道我不正常吗？她看看我，不太确定地说，那我再问问我小姨，月经知识都是她教给我的。W 说她妈妈得的是癌症，一直住在医院里，她爸爸每天除了上班就是照顾病人，只好把女儿托付给小姨子。原来这段时间 W 一直住在小姨家，也不知道她把驯狗的任务交给了谁。说起她小姨我倒是见过，香香的，烫着大波浪，涂着红嘴巴，是个时髦极了的美人儿。W是回来换衣服的，天气热了，该穿裙子了。我看着她从一个大手提包里一件一件地取出薄毛衣、运动衫、灯芯绒长裤，然后分类放进衣柜不同的隔层，再踩着凳子从衣柜顶端拽出个布袋子，里面是夏天的衣服。她把每一样都用力地抖落开来，一一审视，空气中弥漫着淡淡的霉味。W做事情的样子越来越像个大人了，我默默地想。果然，家里出了事，人就会长大得快一些。

我渐渐明白了W的意图，她在向我炫耀。那些衣服样式新潮，很多布料摸上去丝滑冰凉，有种神秘的陌生感。是小姨给我的。W一边忙活一边说，她的衣服太多了，穿不尽。五花八门的裙衫摆满了床铺，"时装发布会"进入自由鉴赏阶段，W开始试穿起来，但她的身体暂时还驾驭不了女人的尺码，不是领口太低就是腰身太宽大。看来还得再等一年，她失望地叹了口气。我小心拎起其中一条天蓝色的半身裙，深深被它吸引。

我要说的就是这条天蓝色的半身裙。它有巴掌宽的松紧腰带和丰饶华丽的裙摆，转起来肯定比海面上的波浪还要美，我猜想。W两只手叉腰，一大截裙边拖到地上，仔细看，温馨的棉布上还缀着点点花蕊。那个时候我虽然瘦，个子倒是高一些，便提出想要试一下，或许它的长度正适合我来穿。但W拒绝了我。我会长高的，总有一天能穿上它。W认真道，像是给我的解释，又像在自言自语。

她说得没错。一年后，也就是我要说的那个疏朗夏夜，她果真穿上了。她把衬衣的下摆掖进去，裙子腰带往里折了一圈，裙边终于离开了地面，一条更宽的黑色腰带被委以遮挡小秘密的重任，它的接口是对称的铜质花纹。就这样，W穿着天蓝色的半身裙和我一起走在街上，她实在太好看了，我简直为之发狂。我甚至在考虑等她笑完表哥的事，切入后妈话题之前要不要赞美她一番，我想作为哥们儿也好，闺蜜也好，无论从哪个角度出发，都应当让她知道这个该死的真相。

　　就在犹豫时分，一个皮肤黝黑的瘦小个儿突然冒了出来，肩头摇摇晃晃带着几分挑衅。还要装不认识吗？瘦小个儿嬉皮笑脸地问。W猛地收住笑声，没有回答，但我感觉到了她的警惕。我们缠在一起的手臂，她那边明显绷紧了，步子也正以不易察觉的幅度加快。我偷偷打量那个人，的确像在哪里见过，是在学校门口吗？可他看起来完全没有学生样儿，痞里痞气，走路还甩脑袋。

　　咳，我说，我们是不是该把账算清楚？瘦小个儿紧跟步伐，一个劲往W身上凑，W就朝我这边躲，被动的我只好一挪再挪，眼看三个人并排着走到马路中央去了。好在车不多。我们已经走过了闹市区，灯光渐渐稀疏。

　　算什么账，我又不认识你。W终于开口，同时伸直胳膊将对方往反方向推了一把，但她的身体抖得厉害，缀着细小花蕊的裙摆在急促脚步的搅动下不断扫打在我的小腿上。我记得电视里跳探戈的女人也是这样的大摆裙，猛打方向，舞步犀利。可惜瘦小个儿并不是一位绅士的舞伴，当裙摆扫打他的小腿，只会成为激怒他的催化剂。

说起来那本是个无所事事的夜晚。我和 W 只是结伴去街上边走边聊天，顺便看看世界，我们各自的精心打扮并不为了谁。但这个说法又多少有些不诚实，好看的衣服穿在身上，谁敢对天发誓，没有一丁点儿虚荣心，没有一丁点儿获得陌生人赞美的期许？但绝不是被瘦小个儿这样的人赞美。他猝不及防，被 W 推得失去平衡，柴火棍般的身体栽倒在地，脸上写出几个字：给我等着。我惊恐极了，感觉大祸临头。W 倒是镇定了许多，只踟蹰了两秒钟，之后，我就从我们挽在一起的胳膊上接收到新的信号：赶紧走。

可我的腿软了，像遭到恶狗追咬，想跑却无能为力。这个时候喇叭袖和海浪裙摆就成了可笑的累赘，它们还在优美地演绎着曲线魔方，殊不知自己的主人正狼狈奔逃。瘦小个儿很快追了上来，他果然发怒了，歪着嘴，喉咙口发出浑浊的颤音，随后我闻到一股呛鼻的烟味儿。没错，烟应该是他摔倒之后坐在地上点着的，那样做想必多少能给自己挽回些面子。

和一个年龄差不了太多的抽烟男生走在一起，对十三岁的我来说，是件腿发软的事情。首先，这意味着危险；其次，路人会将我们视为同伙，我也可能被误认作问题少女。更糟糕的是，当我们拐到一条倾斜的小街，没走几步，抽烟的男生又增加了一个。瘦小个儿打了个干瘪的响指，变戏法一般，戴破洞帽子的男生就出现了，两人坏笑着，作势用拳头相互攻击对方的小腹。

这是我从未见识过的情形。破洞帽子加入了我们，他走在我这边，个头儿和电线杆上贴广告的高度差不多，他身上浓烈的汗味儿熏得我头晕目眩。我悄悄对着 W 的耳朵说，怎么办，怎么办，我害怕。W 没有理会我，她全身心投入在与瘦小个儿的谈判中。他们说话的声音好似苍蝇蚊子，我只能听到夹杂其中的脏话，因为它们总是那么字正腔圆、情绪饱满，并且理直气壮。

你叫什么名字？破洞帽子微微俯下身，语气礼貌且真诚——尽管我极力排斥这种好感——但我听到的的确如此。我回看了他一眼，很快拨正脑袋，两眼直视着前方的虚空——我想绝不能说，又担心此举招致祸端。好在破洞帽子没有再问，他保持那个俯姿走了几步，就重新直起腰，鼻子里喷出一股烟雾。他冰凉发黏的胳膊不时碰到我的左臂，这种接触令我恶心、反感，但我无法判断他有意还是无意，也没胆量抗议，只能尽量躲避。我右侧的谈判还在继续，大概在某些关键问题上取得了重大进展，W 的语气缓和了许多，瘦小个儿还笑了几声。小街斜坡向上，两边的店铺早已打烊，昏暗夜色中只剩下我们四个。我们的腿不知疲倦地走啊走啊，并排步入弯曲的巷道，在里面拐来拐去，完全搞不清究竟是谁在控制方向，也不知道有没有目的地。来自两边的挤压越发肆无忌惮，我紧贴着 W 的胳膊已经麻木。

谈判终于结束，说话声也恢复了正常分贝，内容不再保密。W 正在介绍我，重点列举了我哪些功课好以及我比她漂亮的地方。怎么样，我朋友是不是很××？ W 问他们，用无比得意的口吻。我惊呆了，没想到 W 会用一句脏话来形容我。确实××！两个男生绕到正面仔细打量我之后，对 W 的评价表示赞同。他们三个大笑起来，俨然成了一伙。之前我的害怕因为有 W 的胳膊可以依靠至少还能维系表面的镇定，而眼下，W 的叛变将我的害怕瞬间升级为恐惧。在他们的笑声中，我彻底陷入了悲伤与绝望，任何伪装都失去了意义。我们还在继续往前走，左拐，右拐，没完没了。W 的裙子成了一块碍事的破布，它来势汹汹，带着 W 的坏脑筋，几乎裹缠住我整个身体，正如我身临绝境。

我没想到天蓝色的半身裙会变成这个样子。

遥想那个星期天的下午，W 慷慨地把其他衣服堆到我身上。这些你都可以随便试。W 笃定道，甚至带着将其中一件送给我的决心，唯独不肯让我再碰那条天蓝色的裙子。很快迎来了暑假，暑假过后我们升到了六年级。W 的妈妈是六年级上学期快过元旦的时候去世的。我正在吃晚饭，楼下传来阵阵嘈杂，有人大声呼喊，还有乐队吹奏，很是热闹。终究熬不过一年！妈妈叹了口气，停下筷子掰起指头算。九个多月，不到十个月。她补充道。我突然明白了，赶紧跑下楼。楼前的通道搭起了两个大棚，很多人聚在里面，说话的、哭的，都忙碌着。隔壁单元的狼狗也加入了悼念，它趴在大棚边上，耷拉着脑袋。我顿时腿软，但为了更重要的事，我命令自己必须暂时克服怕狗的毛病。我在乱糟糟的人群中觅到一个少女背影，头戴白帽身披白衣，跟随道士的指令时立时跪。后来，我看清了棚内悬挂的黑白照，正是 W 的妈妈。她微微笑着，好像当初拍照时就预知了用途，眼神中流露出几分痛楚与不舍。我的眼泪不由自主地涌出来——忆起阿姨的音容笑貌，她们家的姊妹个个身材高挑，性格泼辣，唯独阿姨温柔和气。更令我悲痛的是，从今往后，W 就没有妈妈了。我把这个情形放到自己身上想了想，如果我没有妈妈，那会怎么样？简直比死还要可怕。于是我放任泪水，哭得抽搐起来。

没过多久我就知道了答案，没了妈妈会有后妈。W 的妈妈去世不到半年，她爸爸就给她找了后妈。头天领到家里做了顿红烧排骨给她吃，第二天就带着小女儿住进来了。W 为此哭了一晚上，枕巾湿透了，她说她尝到了心如刀绞的滋味。她无法理解爸爸这么快就把妈妈抛在脑后，和一个认识不到半年的女人结了婚。W 口中的脏话一开始应该是从大人那里学来的。据传言，在她妈妈病重期间，她爸爸就和那个女人好上了。

W 总是趁她家里没人的时候把我叫去，一边骂一边为我还原现场。她大力拉开衣柜底层的抽屉，从里面抓出一堆浅蓝色的小方块。你看，明明有这么多，那个××每次只给我一个，说是要节约。我只能垫上卫生纸，不停地换。给 T 买新衣服眼睛都不眨一下……W 把衣柜里挂得整整齐齐的童装一股脑儿扯下来，恨不得撕成碎片。T 是 W 后妈的女儿，不愿意改姓，还要叫原来的名字。W 骂完解气之后，就会坐下来收拾残局。把小方块垒好，照原样塞回抽屉，花花绿绿的小女孩儿衣服一件一件重新挂上。屋子又恢复了干净整洁，但空气震荡，灰尘还在猛烈飞扬，失去了曾经那种教人害怕的清冷。后妈还要求她学做家务，给她演示如何煮饭炒菜，却从不肯让 T 进厨房，因为油烟呛到了会头晕。那个时候刚上初一不久，W 已经能熟练使用各种厨具，她拿水壶烧水，从橱柜里取出一只大碗，挑了一块猪油，又添加了好几样调料，她还动用了菜刀和砧板，切出一小堆葱花，最后开水冲进碗中，屋子里充满了浓烈的香味——W 自己发明的汤。我看着她靠在水槽边大口喝下，随即把碗冲洗干净。

然而，这并不是那一天最令我惊讶的事。

喝完热汤的 W 拿起茶几上的香烟，居然抽出一根来点燃了。我整个人都蒙了。烟雾从她嘴里喷出来，她咳嗽了几声，不屈不挠地与那无形的魔鬼较量着。女孩儿抽烟！这肯定是不对的，我想阻止她，但又十分好奇想看她继续抽下去。两股势力始终在斗争。W 就在我的注视下抽完了一根烟，她的脸颊微微泛红，与我对视了几秒钟之后笑了。我没有笑。那天晚上我失眠了，我把脑袋捂进被子，在憋闷中替 W 找出许多悲情理由，以佐证她抽烟的合理性。

现在看来，那些理由都太过苍白。事情的真相是 W 变坏了，她早就变坏了，从她抽烟开始，不，应该从她不肯给我试穿那条天蓝色的半身裙开始，不不不，甚至还要早一些，从她急切盼望穿上那些低胸紧身的成人服装开始！ W 的确是变坏了。

两个男生又掏出烟来，W 提出她也要抽，瘦小个儿愣了一下，随即心领神会地笑着点点头。厉害厉害！破洞帽子俯下身来给她一支打火机。我无法预料他们接下来要做什么，但很明显他们在针对我。危险近在咫尺，我以一敌三，毫无胜算。想到这里，我不顾一切兀自挣扎起来，反复努力了多次，终于从 W 怀中抽出僵硬的右胳膊。我开始跑，在迷宫般的巷道里胡乱冲撞，我承认我又腿软了，但只要有一息尚存就不会停。

他们在身后低声喊我的名字，令人胆战心惊的呼喊从四面八方传来。他们一边喊一边笑，其间还夹杂着脏话，我从中辨出了 W 的声音。她在骂我，用以前骂她后妈的那些字眼和语气。我的泪水哗哗流淌，冲掉了先前试图凭借记忆返回小街的念头。我想即便一直迷路，回不了家，也要跑得远远的，离W 越远越好。

但她一直跟着，无论我怎么拐弯抹角都摆脱不了。快要跑不动的时候，猛然发现前方是堵墙，要命！我竟然跑进了一条死巷子！惊慌失措间瞥见暗影中有扇半掩的门，直觉告诉我不能犹豫了。我像泥鳅那样钻了进去，屋里是空洞的、放大了的黑，但那气息似曾相识，是久无人住的清冷。我倾斜着身体，肩头死死抵住门。外面很快传来了凌乱的脚步声。

咦，跑哪儿去了？

这里有门！

我一来就发现了，门是钉死的。她应该去了那边，我刚才好像晃到一个影子。放心吧，她跑不快，她是个胆小鬼！咱们赶紧追，一定能追上。

W 说出那些话的时候，背就靠在门上，和我隔着一层薄薄的木板。天蓝色的裙边从木头缝隙里悄无声息地渗进来，我看到一种触目惊心的蓝，一种惨白的蓝，介于银色和灰色之间的、死亡临近时映在眼底的那种蓝。

黑暗中时间也会迷路，不然它不会那么慢。我不敢松懈抵着门板的右肩，但两条腿早已经失去支撑力，整个人蜷缩成蜗牛的样子。一切仿佛又回到了那晚漆黑的楼道，伙伴们分散在各个角落，只能听到自己的心跳和附近的鼻息，每个人都在黑暗中期待陌生人的脚步，期待再次释放出鬼哭狼嚎的心声。

赶紧出来，他们走远了。快！快！

W 急切的声音出现在门外，她喘着粗气，门被弄出很大的动静，她正在想办法把门抠开。我将信将疑道，真的假的？说完马上后悔了，意识到这很可能是他们的圈套，如今我已暴露。恍惚中我仿佛被卷入旋涡，身体躺平，四肢漂浮，越来越轻。

初三那个没有作业的暑假特别炎热，有一天我连吃了三根冰棍儿，下午肚子疼得打滚。傍晚时分，我抬头望天，发觉月亮不对劲，再一低头，就看见了红色的小东西。我第一反应就是要告诉 W，我也是正常的。高中我们不再同校，W 读了中专，住校的那种。按她的话来说，终于可以摆脱那个女人了。高三寒假我们在街上偶遇，她从一群热闹的男男女女中走出来和我打招呼。我问她天蓝色的半身裙还在穿吗，她说早就撕成破布条了。本来我还想问，那晚巷道里为什么要骂我，出于某些说不清的缘由，我没有问出口。W 有些心不在焉，她不停地转头，看向那群男女，我想我们早就不是无话不谈的好朋友了。之后 W 再无消息。

又过去了很多年。其间，人生际遇带来的各种变化我从未仔细盘点。偶尔在街头巷尾，有天蓝色的身影闪过，我的心绪仍然会为之波动。后来我戴上了牙箍，想象有一天自己牙齿整齐，可以像 W 那样咧嘴笑，在晚风抚慰下猛然转身，天蓝色裙摆制造出一座小而壮观的海。当我终于从镜子里看到满意的牙齿，又为缺少唇边痣和棕色眼珠而忧愁。究竟是放不下W，还是放不下那条天蓝色的半身裙，已无从分辨。然而人生如此漫长，长到它懒得提前通知我：终有重逢时。

有一年春暖花开，我从外地赶回老家处理事情，涉及手续的居委会就设在那条倾斜的小街上，看来不得不重赴禁忌之地。奇怪的是，附近根本就没有巷道，被各色作坊商铺挤满了的街道两侧，我仔细找了一遍，不放心，又向摆摊儿的老太婆打听。她接连摆手。我想，要么是不知道，要么是没有。起身便听到有人喊我名字，不禁心里一惊。唉，我的疑惑还在巷道里打转，记忆深处的危机尚未解除。

好巧不巧，喊我名字的人竟是 W 的爸爸。他当街立定，任凭来往行人从我们前后左右穿过。他大声表扬我读书读得好，考到很远的地方，并且去了更远的地方工作，作为曾经的邻居，为我骄傲，语气中带着夸张的成分。我客气地谦虚着，用礼貌的频率打量他，同往昔印象一一比对。W 的爸爸老了许多，原本略微泛红的鼻头彻底演化成了酒糟鼻，细软的头发一缕一缕抛撒在脑后。絮叨了一大堆，他突然想起来什么似的，马上就要走。匆忙中又掉头回来，有空去找 W，你们可是从小玩到大的好朋友。

我不知道去哪里找 W。

这只是个借口。实际上，是我还没有下定决心。毕竟，打听出她在哪里开了一家叫什么名字的租碟店并非难事。我认识的很多人都认识 W，其中又有很多人经常见到她。W 的样子起了变化，但仍然是好看的。嘴唇边的痣大了不少，眼珠子还是棕色，但头发颜色不是了，染成了稻草黄，有时也染成酒红。她喜欢涂黑色眼影，我想那样看上去就更像外国人了。W 结婚了，男人比她矮，戴着眼镜，二婚，手里牵着和前妻生的小女孩儿。W 说，这不就是当年的我吗，我没法不对她好，每次我想冲她发火，就想起自己小时候。问题是那个男人看上去既不聪明也不愚蠢，根本配不上 W。是的，我终于还是偷偷潜入租碟店，不为别的，就为了一睹 W 的风采。

一开始 W 没有认出我来，我怀疑她是故意的。我在店里转来转去，像在认真找东西，又像个伺机而动的盗贼，过了许久，失去耐心的我站在第二排货架末端大声问道，老板，有没有某某某的演唱会呀？某某某是当年我们共同喜欢的歌星。W 立马响亮又干脆地回答，没有！

然后她的身影出现了，陌生，又全然在意料当中。她似笑非笑，冲我挥挥手，示意我走到店铺外面去说话。我以为只是几句简短寒暄，实际上我们聊了很长时间，站一会儿又蹲一会儿，或者在附近来回踱步，却没人提议找个能坐着交谈的地方。于是，那些如此重要的、涉及青春成长的话题就在车水马龙的街边进行到底了。

　　当年瘦小个儿追求 W，W 自然是看不上。但她恨后妈，连带着后妈的女儿 T。瘦小个儿便许诺替她收拾 T，W 不置可否，内心却又期待着。比如把她的书包扯个稀巴烂，比如使个绊子让她摔个狗啃屎，等她爬起来再给她两巴掌之类。有一天，T 果然头发散乱哭哭啼啼地回了家，W 吓坏了，她意识到事情远远脱离了想象的样子。人的内心一旦出现了敌人，整个世界都充满了敌意。她也因此意识到，和解是一件充满艰辛与魔幻色彩的事。首先，她得相信后妈的苛刻源于善意的初衷，女孩儿必须自立，学会独自面对问题、解决问题。在此基础上，她才能从容机敏地与瘦小个儿周旋，甚至在对方增援的情形下临危不乱。但是，当她的同伴异常胆小，且在恐怖中丢失了智慧陷入悲伤中无法自拔，又该怎么办？这显然是和解之外的问题。

　　"那晚如果我被发现了，他们会做什么？"

　　"什么都不会做，他们只是想和你交个朋友。"W 狡黠一笑。

　　"你为什么不肯让我试那条裙子？"

　　"哪条裙子？"

"天蓝色的半身裙。"

W 愣住了，她开始认真地回忆、思考，似乎要给我一个完美的答案。我顿时紧张起来，然而 W 只是望着我，长叹一口气。

我始终没能穿上那条天蓝色的半身裙，这种遗憾以及遗憾带来的种种感受陪伴我走过了少女时代。或许，我也好，W 也好，或者我们身边随便一个人，都是经由对某件事物的执念去认识世界的，由某种偏激的、忧伤的、好奇的、沉沦于困境中的情感指引着我们。当有一天，我们感到世界不再陌生，能足够从容地行走在人群中，我们才有勇气随时停下来，谈论爱，谈论友谊，以及那些阻止我们速朽的东西。

我的科学家闺蜜

我爱给别人取外号。这个习惯由来已久，最初有记载的大约能追溯到初中，形成较大影响力的主要集中在高中和大学时代。我的外号作品众多，无论是那些灵光一闪的神妙佳作还是毫无创意的信口胡诌，毫不夸张地说，大部分都得以沿用至今，外号与其本人早已神形相依、融为一体。常常出现这种情形：同学群里一堆人闲扯，内容与我丝毫无关，但相互称呼的外号却都是拜我所赐。大一那年，在我取外号生涯的巅峰时期，新兵军训尚未结束，队里半数以上的战友已经外号响当当。

而我真正想说的是其中最为平淡无奇的一个作品。

军校新生入学，属于我和她的上下铺位于宿舍进门右手边，我坚定而不失礼貌地陈述了自己睡觉不老实，半夜经常滚到床底下，有时会突然坐起，言下之意我睡上铺很危险。她认真听完之后，眨了眨眼睛，轻轻哦了一声，抬头看向我，她的睫毛又黑又浓，对视的那几秒钟险些将我征服。

岂料我去军需库换完被装回来，她已将一切铺展妥当，美好而安全地坐在下铺冲我笑。那天她穿着印满卡通小狗的睡衣，被套上无限重复着巴布豆（另一种卡通狗），只要看她，就会满眼小狗。"狗狗"就是这么来的，毫无创意，只是显得可爱、机敏，但发音必须遵循——第二个音读轻声。漫长的大学时光里，五楼女生宿舍的楼道里总能听到有人大喊，狗狗——班长。

说来也巧，争夺上下铺的两个女生，一个被任命为班长，另一个成了班副，班副最重要的职责之一是卫生管理，每班轮流打扫厕所、水房。这就意味着，我和狗狗之间，我不仅在铺位上没有占到优势，地位上也屈人一等，并且还要定期扫厕所——女生们都不乐意干这个脏活儿，往往不够彻底，因此我必须亲力亲为再拾掇一遍。开班会的时候狗狗不允许大家叫她外号，认为不够严肃，我出于报复心理，每次都假装不经意，狗狗，有个事别忘了……她就瞪我，给我使眼色，我当然继续装傻，怎么了狗狗，对了，一会儿咱俩还得去趟队部，狗狗……这基本上就是我所有的反击了。她当然也没跟我客气过，经常横加指责我的吊儿郎当、好吃懒做、描眉画眼、奇装异服，总之，各种天性使然的乐趣在她那里都成了毛病。无奈的是，由于工作上的合作关系我俩不得不经常待在一起，为了方便，就会结伴出小东门吃东西，或者去图书馆借书，偷溜到军人服务社买杂志，后来阴差阳错周末的外出时间也凑到了一起。细细算来，大多数悠闲时光都有她陪伴，尽管我们总是因意见不一致在争吵，总是在彼此挣脱却又无能为力。

有一回我问狗狗借一根针，她直接拒绝了，我因此生了很大的气，像蒸汽火车那样冲下宿舍楼，正好碰到H，他见我怒气冲冲，饶有兴致要充当倾听者，便陪我去军人服务社买针线盒。H与我和狗狗同专业，是一起上最小单位专业课的战友，说起来我俩倒有些共同爱好，大学时期我听摇滚，他加入了一个在学校乃至长沙地区都小有名气的跨系乐队，主音吉他，弹得很不错。现在想来，H的八卦心理早在当年就颇见端倪。他不认为一根针就能引发我海啸般的狂怒，一路上问题不断，试图挖掘我和狗狗之间更深层次的矛盾。一个情绪失控的人只顾着一吐为快，我突然想起另一件伤心事。

那时候我已经开始对写作感兴趣，接触诗歌之前尝试着写过散文和小说，我怀着火热期待把新写的东西拿给狗狗看，却换来她冷冰冰的嘲笑，她认为那根本不是什么小说，建议我先读一读《基督山伯爵》《红与黑》。H歪过头来问我要稿子，他好奇我为什么会想到要去写小说。

我买回整整一盒绣花针，和狗狗一个星期都没有说话，我下定决心，要等她开口朝我借针那一天。哪知道直到毕业她都没找我借过任何东西，我们还是自然而然地挽起手去东门，有时H也会跟上来，为了不被嫌弃，被迫陪我们聊女生感兴趣的话题。我和狗狗就这样和平又敌对地度过了大学四年。毕业后她留校读研，H去了北京，而我也远赴华北，各自继续军旅。

曾经我很想为狗狗写一首诗，尝试了很多次，都失败了。有好几年我们没怎么联系，直到我临近预产期，那几日烦躁不安，便拨通了狗狗的电话，她刚接起来我就劈头盖脸地质问："你知道吗？我快要生了！"言下之意，你怎么不关心关心我。没想到她镇定回道："你知道吗？我已经生了，刚过满月！"言下之意，你的关心不也没到位吗？

　　当两个人的愤怒对冲，彼此的埋怨旗鼓相当，唯一能做的就是哈哈大笑，我俩在电话里足足笑了五分钟。是的，她儿子比我儿子早一个月出生，这一回又让她先我一步。我和狗狗就是这样，又像敌人又像朋友。然而这种有趣的关系在时间长河的冲刷下终于找到了一个堪称奇葩的契合点，我们心照不宣只在出现八卦素材时才会通电话，远隔千里的联络，只为分享某个道听途说的细节以及对某人某事的看法，却意外发现我俩的三观竟然惊人地相似，与当初彼此留下的坏印象相去甚远。

　　所谓"无八卦不闺蜜"，从那时候起，我和狗狗才结为真正意义上的闺蜜。而说到八卦，就不得不提及 H，多年来他始终保持着旺盛的八卦热情。有时我甚至觉得我们三人的友谊全靠八卦来维系，无论何时何地，接起电话第一句永远都是：瓜大吗？

　　时常，他俩八卦的人物我不认识，就会不辞辛苦为我介绍故事背景、来龙去脉，在手机上、互联网上翻箱倒柜，给我找照片，找此人的论文，总之，要让我把瓜吃懂吃透，最后发出和他们一样频率的笑声才罢休。所以说，八卦一旦有了专业精神，就滋生出责任感、使命感，心甘情愿为之受累。当然，在谈论某些来自同学或朋友的八卦时，我们也共享愉悦，那种直冲脑门儿的快乐也让我警觉，是不是有什么不对劲？

三人之间电话打来打去，有一回我终于起了疑心，遂问H："你俩是不是也八卦我了？""那哪能啊？""怎么不能？"于是电话那头H大大方方用笑声承认了。我没理由发火，毕竟我和狗狗私底下也经常吐槽H，而H呢，也曾同我详细探讨过狗狗与师兄的恋情是如何一步一步走进婚姻大门的。所以说，真正的八卦精神是铁面无私、不分敌我的。

前两年因为一本书稿出版遇阻，我深受打击，郁闷中拨通了H的电话，倾诉也好，求助也罢，一股脑儿把委屈倒给他，H一边劝一边帮我出主意想办法，忙得不亦乐乎，即便如此，我仍觉察到他至少匀出了三成精神来啃这只新鲜出炉的瓜，H努力按捺着兴奋品咂各种细节——啧啧！

H迅速组建了一个名为Pride&Praise的微信三人群，打着鼓励我走出困境的旗号，实则为了方便和狗狗一起进一步深挖我这次在写作之路上惨遭重创的方方面面。诚意是有的，H主动交代他也有本译作搁浅好几年没法面世，狗狗给我讲她被学妹算计的"惨案"，两位闺蜜用自揭伤疤的方式献瓜以示安慰。此群便得以延续。

我大学读的军校，专业是工科的应用化学，毕业分配到部队医学院，长期从事医学化学的教学工作。可我的人生志向在这个过程中发生了重大变化，它逐渐向文学倾斜、接近、靠拢、着陆——终于从一个星球叛逃到另一个星球，时至今日，我几乎当上了专业的写作者。而狗狗和 H 始终坚守着最初的梦想，奋斗在艰辛而奇幻的科研之路，且成就斐然。在高手云集的我军最高院校，狗狗年纪轻轻就已晋升教授，是深受学生们喜爱的硕士生导师，研究热管理、电磁防护和仿生材料。而身为某研究所研究员的 H，不仅是某重点实验室副主任，还是军委某专班专家、某工程水下平台项目专家、科技委基础加强项目首席科学家、水中兵器专业组专家。至于两人优秀的论文专著以及众多国家发明专利就不一一赘述了。鉴于他们在各自领域的光辉成就，我愿称之为科学家闺蜜，当然这并不影响我们友谊的继续前进。

有一回，小黑子在百词大赛中因一分之差没有拿到满分，我郁闷至极，在群里长吁短叹，H 轻飘飘来了句："我娃学龄前，尚无此烦恼，恕无法共情。"狗狗却被深深刺痛，质问我："你是不是在凡尔赛？"然后电话就打过来了。

谁也没料到，这通相互吐槽各自儿子的电话又进一步加深了我和狗狗之间的依赖。皮皮和小黑子，除了出生日期只相差一个月以外，在人生志趣、性格特征、生活习性等诸多方面都有着令人震惊的相似：都选择了弦乐（一个二胡，一个小提琴）作为漫不经心的乐器爱好，既不肯苦练又不肯放弃；学习成绩一言难尽但是热爱研究菜谱且做饭手艺都还不错；长得人高马大心理年龄却严重偏小，甚至连老师请家长的原因都差不多。诸多的相似点让我和狗狗搀扶着走下一个又一个台阶，对孩子成长进步的焦虑一格一格消减，我们的八卦疆域也得以开拓。

从此，一旦在孩子问题上不顺心了，我们就通话，从彼此的无奈和苦笑中寻求治愈。不得不说，这是一种奇特且有效的途径，我们变得越发理解孩子，懂得了换位思考，并且从种种执念中抽离出来——尽可能听由孩子自动自觉地成长，不再过多干预原则问题之外的事项。我们甚至因此获得了意外的亲子时光，狗狗加班到深夜回家吃上了皮皮亲手煮的馄饨，而我居然在一个雨天的周末被小黑子催起床，因为他已经为我做好了美味的早餐。

我和我的科学家闺蜜，无论狗狗还是 H，我们征战的星辰大海早已不在一个星系，但无论科研还是写作，恰好都具备"大量时间和少数伟大"的精神属性，因此，Pride&Praise 除了八卦闲聊之外，仍然会出现关乎热爱与梦想的离地讨论，涉及具体专业知识和写作困惑的交流互助。往往深夜群里还有动静，我们在线熬夜，各自忙碌，偶尔分享"此时此刻"。那是类似课间休息的轻松片段。

有时 H 会即兴来一段吉他弹唱，我猜那是他工作上又取得了某种阶段性胜利。狗狗自然是热烈夸赞，我则以"专业人士"给出点评：声线动人，情感充沛，但音准仍有待提高。音准是 H 的老问题，大学时期我就经常提醒他，我甚至怀疑他运用过人的聪慧掩盖了严重的五音不全。

有时我们会各自拍下眼前的场景，电脑、杯子、散落桌面的小物件。擅长捕捉极微细节的 H 从彼此照片中找到独特的点，并将它们关联起来，得出一个令人惊异且完全正确的结论：我们都缺少一台心仪的咖啡机。于是我们畅想如何购置，从品牌到款式。不久以后，就只剩我没有买了。

H 说他料到了这一点，我就是这样的，将向往的事物置于高处，并非无法实现，而是偏偏要这样，凸显它的美好和遥不可及。那我这样做是为了什么呢？我问他。狗狗抢答道，为了写诗。我说我哪有那么矫情，因为心仪的咖啡机很贵，我是在等他俩谁先发财我就找谁给我买。狗狗说她希望有一天大街小巷唱的都是我写的歌，我说我写诗，不是写歌词。"当你把诗写得足够好，就会有人想要把它唱出来了。"所言极是，我告诉她我可能需要再加把劲，昨晚写诗到三点，今天早上起来再看——简直狗屁不通。

也许我和狗狗都不是那种轻易就能把事情做得精美漂亮的人，而 H 恰恰就是。H 是同学当中公认的未来的院士，科研实力强大，早已是专家级别的存在。可这远远不是他的全部，他拥有国家级登山滑雪运动员身份，是"野雪中国"计划的发起人，获得过金犀牛奖年度最佳突破提名，在美国斯坦福大学留学期间滑遍了美国的大雪场和雪山。此外 H 还有严重的小资情结，爱健身，爱臭美，各类名目繁多的小爱好。一年三百六十五天，一天二十四小时，我们在有限的框框里做着有限的努力和挣扎，而 H 似乎拥有另一种概念的时空，神不知鬼不觉当中完成了一件件奇迹。所以说，不要试图向天才学习，如果你身边恰好有这样的朋友，你要做的就是继续和他做朋友，欣赏他，享受他过人天赋带给世界的惊奇，这就足够了。千万不要抱有不切实际的幻想，因为他的方法和经验对别人无效，那些东西也绝非单凭刻苦努力可以达到的。生命的随机性决定了自然法则无法绝对公平，天才太少了，可恨的是，天才又太妙太有趣了。

我和我的科学家闺蜜，彼此相隔千里，我们能分享的就是这些如絮的细碎、零散的话语、闪亮的部分、阴影的部分、若干种低谷以及一次小而精确的跃起。而我们不约而同追寻的伟大或许也偷偷藏匿其中，等待某一天毫无预感地将它打开，获得满心欢喜。

夜　航

　　从地面上看，石家庄是个陌生的城市，若升至五千米高空那就完全不同了。在城郊的小村庄附近，身着冬季飞行服的年轻人与机务人员互敬军礼，交接完毕。滑至起飞线之后松刹车，接着推油门、拉杆——升空，一气呵成，快速变幻的是眼角余光所见的熟悉景物，严格遵循的是反复预演的规定航线。此外，还有什么？

　　一条条肉眼看不见却在精神宇宙中无限闪烁的光带，烂熟于心的流程、口诀，默画的碳铅在 A4 纸上来回的笔触，还有拉杠轻抵掌心滑动时那微妙的手感……飞行是一部极显开阔奔放的交响乐，由无数个精准操作和不断涌现的灵感之手谱写。四分四十七秒后，他完成了螺旋式爬升，进入水平飞行阶段。

　　晴朗的冬夜，银河璀璨，气流平稳，飞机丝滑地掠过城市上空，拉拽出动人心魄的轰鸣，他端坐于狭小而丰盈的驾驶舱内，准备下一个动作——俯冲。俯冲是速度之外的专注、笃定、果敢，像一根刺破迷雾的针，那一刻他俯瞰万家灯火。这种感觉竟似曾相识，但他清楚得很，上机前不厌其烦地模拟、想象、走位，同眼下真实的飞行相比，完全是两个世界，巨大的差异，截然不同的认知。

相比白昼，夜晚的飞行更令人沉醉。他热爱飞行，从小就立下蓝天的志向，现在，他操纵他的飞机跃升，领受着沉重而踏实的推背感，进一步明确了自己，要这样飞，一直飞。夜间光线微弱，感知度低，不确定因素也因此陡增，这反而令他欣喜地发现了夜航的独特，确切地说，是一种魅力，吸引着他，引领着他，去尝试更多更难的动作，去征服夜晚最深邃的黑。他根本没想过，要等很多年以后，在迷宫般遍布细节和痛苦标记的回忆中，自己才能得以重返那一夜，去见识它充满奇幻的魔力，也只有到那时他才会意识到，那样的夜晚仅此一次，一生仅此一晚。

我只见到过地面上行走的飞行员，说话温和，眯缝着眼睛的笑脸。我曾半开玩笑向他讨要一块飞行员巧克力，除了味道，我更好奇的是它携带的神秘感，如果飞行员每次起飞之前都必须吃一块，那么有没有可能其他人吃了即便不会飞多少也会显得身轻如燕。一个月后，他果真送来了，不是一块，而是满满一盒。我有些惊讶地接过来，沉甸甸的，没好意思当面打开。

飞行员是我在火车上经历的另一次奇遇，和坐过站的那次荒诞相比，故事有后续，有剧情发展，令人欣慰许多。那年过完春节回华北，同行的朋友患有离地恐高症，这是一种委婉且矫情的说法，实际上就是晕机，只能坐火车。幸运的是，在有限的可供选择的车次中我们买到了三张软卧，二十多个小时的旅途不会那么辛苦了。

当年的火车无论大小站，到站就停，尚未出川已经停了无数次。包厢里剩余的那个铺位始终空着，我们越发担忧，可千万别是个臭烘烘的家伙。下午四点，天光最怡人的时刻，一个笑眯眯的大男孩儿走了进来。还好，我松了口气，年轻人衣着整洁，身板挺得溜直，一看就不讨厌。

他径直走到我们对面的下铺，没错，正是那个空位，随即开启了滔滔不绝的聊天。说来竟有那么巧，不出三句话，我们就确定了战友关系——他叫 A，也是一名军人，就读于某某飞行学院，将来会成为一名驾驶战斗机的飞行员。我不禁发出赞叹，都知道飞行员万里挑一，选拔过程极其严苛，眼前这个帅小伙儿并无丝毫"傲娇"之气，只显得俏皮、可爱。听说我毕业于国防科大，如今在石家庄一所军校教书，A 也流露出几分惊奇与羡慕。部队就是这样，"战友战友亲如兄弟"，瞬间就拉近了距离，话题越聊越多，没人察觉到窗外早已黑漆漆一片，什么都看不见了。

列车仿佛一条硕大的铁虫，穿梭在无止境的隧道中，A 继续讲他的飞机，眼睛里闪烁着星星，看得出来，他是那么热爱飞行。深夜十一点，A 问我要了电话号码，随即退出包厢，我有些讶异，莫非那个铺位的主人并不是他？凌晨五点半，石家庄到了，同行的三个人拖着行李经由卧铺车厢狭窄的过道再次投入华北平原宽广的怀抱，站台上冷飕飕的，风挺大。我不禁缩了缩脖子，脑子里闪过新认识的朋友，此刻他还在梦中吧，他需要继续北上。

那时我作为刚刚出徒的新教员，教研室主任和同事纷纷鼓励我参加授课比赛，一为练兵，二来年轻人思路新有闯劲，没准儿还真能冲击一等奖。于是我积极投入备赛当中，除了认真完成日常教学，还时常加班写讲稿、修改幻灯片。临近暑假，比赛前最后那个周末，同事们晚饭后又返回教研室听我最后一遍试讲，然后展开讨论，提建议。我一边做笔记一边感激着大家对我的热心帮助，好玩儿的是两位老主任在某个细节上意见不合，争得面红耳赤，差点儿要吵架。电话就在那时候来了，振动模式的手机在桌面上游来游去，郄老师喊我："小周，快，接电话！"

是一个陌生的座机，我茫然接起，对方却没有声音。多半是打错了，我正要挂断，那边说："是我，A。"愣了几秒钟我才想起来，是他，火车上偶遇的飞行员，半年来我忙忙碌碌，完全将这件事抛之脑后，颇有些抱歉地回道："最近还好吗？"A在电话里支吾着，听不清说了些什么，我着急眼下准备比赛的事，告诉他等我有空了再打给他，便匆匆挂了电话。

比赛结果差强人意，我以微弱劣势得了第二名。新教员能有这样的成绩已经非常不错了，同事们夸赞我，要为我庆功。我突然想到了A，翻出那个号码却怎么也拨不通，后来才反应过来，学员禁用手机，他用的应该是插卡电话。转眼又是新学期，我接下了一个学员队的《医用化学》全程授课任务，负责两个学员队的实验课，又被抽调到部办公室代职参谋，每天安排得满满当当，恨不得双脚离地。

天气不经意间转凉了，夏装换秋装，尤其早晚，风吹树摇制造出哗啦啦的声响，惹人遐想，我匆匆走在回单身宿舍的路上，思考自己一个四川人为什么要跑来遥远的华北。校园里扫不尽的落叶，学员们把金黄的银杏聚拢又铺开，摆成各种好看的形状，那时候我差不多又要把飞行员忘干净了，A 就打来了电话。满腹愁思的我像是抓到了救命稻草，哇啦哇啦一个劲儿诉苦，想老家想老家的小吃想亲朋好友想有亲朋好友的南方，A 还是那样轻言细语，问候我，安慰我，说不了几个字又被我打断。他便不再吱声，乖乖停下来听我讲，末了，才来了句："我在石家庄。"

"啊——什么时候来的，你怎么不早说！"难以否认，我的确有些惊喜，原地蹦了起来。A 好脾气地笑了笑："姐姐，不是我不说，你倒是给我个说话的机会啊。"

A 是来石家庄飞初教机的，给我打电话的时候他已顺利通过了检验飞行，正处于在教员辅导下进行各种飞行训练的阶段。我谈兴正浓，想要仔细问问他是怎么开飞机的，操作是不是特别复杂，如何克服恐惧心理，飞到天上到底什么感觉……那边空白了几秒钟，说："姐姐，后面的战友在催了，下次我仔细给你说。"我这才又想起他用的插卡电话，他的身后大概还排着老长的队伍。

A 年龄比我小，又同为四川人，叫我姐姐我自然是接受的，要按部队规矩，我身为教员，虽不同校，他叫我教员也理所应当。不过我始终没法将"弟弟"二字叫出口，似乎不该那么亲密，一直都对他直呼其名。我没有 A 的手机号，每次都是他同我单线联系，从火车上认识开始算，将近一年的时光里，我们总共通过四次电话见过两面，因为屈指可数，所以印象很深。飞完初教机，A 便和他的战友们返校，从此没了消息。

而降临在石家庄的无数个夜晚，学校上空仍然会有航校的飞机掠过，轰鸣声有时要持续很长时间，在头顶形成一种余音袅袅的震荡。那时候我不禁想起 A，这个家伙已经很久不来电话了，想着想着难免生出些怨气，哪有这么不把姐姐放在心上的弟弟。又过了好几个月，还是没动静，在我看来，老乡也好姐弟也好，一旦失联，任何关系都不复存在了。果然，火车上遇到的人就是不靠谱儿，联想起坐过站那次，我更坚定了这个想法。

在我和 A 阔别多年的岁月里，其实还有过一次通话。我不知道 A 是如何得知我结婚的消息的，他简短地向我表达了祝福，然后用更简短的一句话描述了一件非常严重的事情——他停飞了，转了专业，现在在另一所军校。由于我们所有的通话都发生在晚上，寂静的夜或者喧哗的夜，总是让人对交谈内容感到恍惚，进而对它的真实性产生怀疑。接到那通令人窒息的电话，我正在操场跑步，为了通过三公里的体能测试不得不每天苦练，忍着腿疼，喘着粗气。

夜奔无须惧怕路途遥远，只要坚持，穿越黑暗之后便会天光大亮一马平川。夜航则是一种魔幻，无形中布满陡峭坎坷，飞机翻着筋斗绕着圈圈，仍无法摆脱坠入永夜的危险。打完电话，我别无选择、视野模糊地继续狂奔，我必须跑够十圈，或者干脆跑它个十五圈、二十圈。当然，我只是赌气那样想想罢了，可我又是在和谁赌气呢？气流引发的颠簸将一个人抛入夜空疯狂旋转的轮盘，令他眩晕，令他失衡，令他弃掉所有与飞行有关的天赋，不再拥有操纵空气魔法的技能，也不用再去抵抗地心引力和其他需要抵抗的东西。

A再也没有给我打过电话。

又过了几年，人们开始使用微信，通讯录、群聊、扫码、名片，以各种方式搜罗亲朋好友以及来自五湖四海的陌生人。至今我都没搞清楚我和A是怎么加为好友的，偶尔他会给我的朋友圈点赞，成为几十个甚至上百个赞当中的一个，那个代表他的小小方块是一个超人飞天的剪影。每回看到那个头像我都忍不住跟身边的朋友炫耀一番，我曾认识一个飞行员，他会酷酷地把战斗机开上天。

"后来呢？"朋友们往往这样追问。

后来他停飞了。我只是在心里默默回答，不肯说出来。没想到这件事让我感到的难过会如此深刻，并且持续这么多年，可又始终不忍心去问问他究竟怎么了。单单他停飞这件事情本身就像是一桶无限续杯的冰水混合物，每想起一次，就浇我一次，浇得我透心凉，整个人低落沮丧，滋生出无限惆怅。所以，当 A 突然发消息约我见面，我是带着强烈的好奇和疑惑的，好奇 A 为何停飞，后来都经历了些什么，也疑惑事隔多年他为什么突然要求见一面，到底是什么力量促使这个有些没来由的念头迅速从想象转变为现实的呢？如果长期失联，再好的朋友也将名存实亡，更何况以联系的次数和彼此了解的程度看，A 根本算不上是要好的朋友嘛。我请表姐陪我一同前往，避免到时候尴尬。没想到 A 也叫了个健谈的哥们儿作陪，走进房间，我与 A 相视一笑，似乎都看穿了彼此的小心思，却并没有事先担心的陌生感。

我们开始吃火锅。火锅人人爱吃，又需要勤动手，即便真没话说，场面也会显得热闹红火，对于久别重逢的人来说再适合不过了。A 热情地给大家涮肉，照看着煮物的火候，我偷偷观察，他稍微胖了些，除此之外跟记忆中的形象几乎重叠，想想自己年过四十，早已不是当年的青春模样，不禁悲叹："还是男生抗老啊！"此话立马引起表姐的共鸣，我俩相互瞅了瞅，长吁短叹起来。"毕竟比你小好几岁呢，"A 转过头来认真说道，"你忘啦？当年你总是嫌我小。"

通过一个简单的减法运算，我们得出距离上次见面已将近二十年。二十年，这个数字令在场的四个人都收获了一种欣慰和由这种欣慰生发的满足感，我们共同举杯，敬这二十年。喝了酒，A 就起了变化，越来越不像过去那个轻言细语说话小心翼翼的"弟弟"了，他的话越来越密，也不肯迁就我插嘴，屡屡抢回话头，坚持把演说表达到淋漓尽致，直教我们哑口无言。

青春往事不可信，它太容易在翻来覆去的回忆和复盘中被自恋情绪篡改，又难免被自相矛盾的执拗与懊悔添油加醋。A说火车上是他刻意制造的偶遇，经过那节车厢，瞥见我的身影顿时眼前一亮。我打断他，戏言道："莫非这就叫一见钟情？"继而试图跟他的哥们儿解释，其实他就在那里，我们的铺位正好在一起。A有些气恼地央求我："你先听我讲完好不好？"于是我停下来，继续听——他硬着头皮走进我们的包厢，心想就算打个招呼也好，岂料我们竟是身着军装同属一个战斗集体的战友，得知我在石家庄他更是高兴得不得了，因为学校给他们制定的飞行员四年规划里，初教机和高教机的训练都安排在石家庄。原来，当年在火车上，在我傻呵呵地听他讲飞机的时候，A就把握十足，我和他肯定还有机会再见面。听完我默默点了点头，这些心理活动对于那时的我自然是不知道的。A又提到飞行员管理特别严，十一假期才会给半天时间用手机，其余时段只能周六晚上打插卡电话。

"人太多了，根本排不上。"他几乎每周都去排队，有一回好不容易排上了，结果不到一分钟就被我挂断，我立马想起那次授课比赛，而那之前的若干个星期六晚上，当我靠在床上看书或者在 QQ 上跟朋友闲聊的时候，年轻的 A 很可能挤在长长的队伍里期待前面的战友少聊几句。我一边脑补一边有些飘飘然，A 孩子气地瞪了我一眼，继续数落我的罪过，为了给我攒够一整盒巧克力他"克扣"了半个多月的飞行加餐，结果我却一口都不肯尝。这就有点儿冤枉人了，我强行打断了 A，为自己申辩："巧克力我是吃了的，只是没有当面吃，因为不好意思。"后来确实没吃完，飞行员巧克力不够苦也不够甜，还有股奇怪的中药味。

谁也没料到，原本伤感的陈年往事在 A 和我毫无默契的演绎之下变成了一出出幽默剧，尤其是看到 A 那副小肚鸡肠的较真儿样儿，吹胡子瞪眼的，场面就更好笑了。我边笑边想，多年不见也还可以是好朋友，有些东西似乎并不会被时间冲淡。也许因为年龄上的优势，当然也可能跟我本身性格有关，给他造成一种心理压力，觉得我高傲，没把他放在眼里。在喋喋不休的讲述中 A 反复强调着这一点，颇有些怪罪我的意思。我不以为意，据我所知，飞行员首要具备的就是强大的自信。

"不是没有自信，我是想按计划进行。" A 板着脸，一脸严肃地说。话音刚落，我们三个又哈哈大笑起来，A 的哥们儿替大伙儿戏谑道："呦，你还有计划？快！说来听听。"

在嫌他小、没把他放在眼里这个事上且不论我冤不冤，反正 A 是因此迟迟没敢提"恋爱"二字，遂暗自制订计划：再过一年，去石家庄飞高教机的时候，一定要向"姐姐"表明心意。A 讲到这里我已经觉得不好笑了，我知道他没有回石家庄飞高教机。

我粗略追溯了一下，是我听够了夜间训练机的轰鸣声，在心里埋怨他那么久都不来电话的那个初夏，A 深受胃疾困扰，经常吃不下饭。"那时候一心想着石家庄，去了石家庄，又能飞了，又能见到你了。"为了以最佳成绩通过考核顺利返回石家庄，A每天坚持高强度训练，硬是忍着疼痛没有请假去医院。好不容易熬到六月份，临考核还有十几天，A倒下了，剧痛让他失去了意识，要不是战友发现及时，再晚些就会有生命危险。A在医院里住了小半年，人生也因此彻底改写。他花了很长时间，在无尽的黑夜里挣扎，同自己搏斗，企图忘记有关飞行的一切。

房间安静下来，只剩锅里的红汤咕噜咕噜剧烈翻腾着，像是某种灼热的东西碰到了更为灼热的东西，疼痛弥漫开来。"所以——"半晌，A才打破了沉默，自嘲道："的确没按原计划进行。我很后悔，没有早点儿向你表白。"

早点儿是多早呢？我在脑子里搜罗着那个时候的我，忙着给学生上课，痴迷于哲学书，闲时就在天涯论坛上看搞笑帖子，一个人对着深夜的荧光屏傻乐，那个时候我的确没有男朋友。试问，当真他向我表白，我会答应吗？会吗？应该不会吧。虽说不讨厌，甚至可以算喜欢，可正如A所说，他比我小太多了。

那晚，年轻的飞行员状态良好，顺利精准地完成了所有规定动作，堪称完美，坐在后舱的师父露出了欣慰的笑容，天赋极好又沉稳踏实，是块飞行的好料，遂问他有没有想要尝试的动作。失速螺旋，对当时的A来说完全超纲了，师父边操作边讲解，给他示范了一遍。当机头与大地垂直，飞机开始极速下坠，失重状态下，A 仍保持着全神贯注，右手始终扶在联动的操作杆上，他要仔细感受每一个细微的变化，捕获它位移的力道、方向与幅度。正如失重带来的并非身轻如燕，改出时的超重需要抗衡的也不仅仅是某种压迫感。无形之物凌驾于一切有形之上，一个知敬畏的年轻人用发自内心的率真与虔诚，托举着他的豪云之志和青春梦想。

那晚，也许我也听到了战机轰鸣，在石家庄晴朗的夜空，A 完成了难度极大的"失速螺旋"。师父难掩兴奋，对徒弟的沉着果敢大为赞赏。A 说返航时他想到了我，于是下定了决心。"来年秋天回石家庄飞高教机的时候，我要向你表白。"这句话，A 前后说了两遍，像是为了上下文呼应，又像是一种自我确认，终于以二十年的跨度完成了一幅关于青春的回忆拼图。

A 说他一直忘不了我，我竟有些感激地冲他笑了笑，一个对青春之梦难以忘怀的人，他定是一个高尚的人，一个纯粹的人，一个脱离了低级趣味的人。其实我也时常惦记着他。值得庆幸的是，我们的人生并未因此黯淡无光，反而各自都过得充实而精彩。

"你过得幸福吗？"A 郑重其事地抛出一个虚幻缥缈的问题。

"和你一样，我非常幸福。"我笃定地回答道。

我又看到了 A 眼里闪烁的星星，一如当年火车之夜。

我想我们不用再见面了。清澈的喜欢会不会在时间长河里自我酝酿成爱？我相信会，并且相信这种爱无比珍贵，珍贵到不容触碰，不允许轻易提及。但我更想感谢青春时代遭遇的变故和留下的遗憾，它们并没有将一个人变得面目全非，而是教给他绝处逢生，赐予他更为强大的乐观、坚定和纯粹。

一切都完好无损，那架战斗机始终悬停在那个夜晚，悬停在五千米高空的石家庄。任何时候，只要一抬头，它都像月亮一样供我们遥望，将我们守护，让我们可以继续相信那些纯洁而美好的东西，继续获取力量与勇气，直至穿破云雾，长久地在夜间航行。

第二辑

食事无尽

我是一个爱吃东西的人，希望每天都能遇到好吃的；我是一个向往快乐的人，因为生活种种遭遇总是让快乐来得并不是那么容易。已经逝去的时光中，我或轻或重地抑郁过几次，好在，即便有再多的愁苦，即便它们是那么来历不明和莫名其妙，我的胃口也始终都在，甚至比平常还要好。许多看似孤独、自以为孤独或者确实孤独的日子里，食物陪着我，带着酸甜苦辣咸，带着温度，也带着安慰。

长 沙 时 光

我的大学有过一段特别沉闷的时期，整个人中邪一般不肯行驶在正轨上，一度就像一个真正的胖子，脂肪软软地附着在曾经瘦削的身体上，我不得不拖着沉重的自己走在校园里，从教学楼、宿舍楼到图书馆、军人服务社，上楼，下楼，无所事事。我记不清自己是怎样拒绝身边战友对我发出的善意提醒，又是怎样在电话里胡乱应付以免引发远方亲友的担忧，我只想尽量一个人待着，放空大脑，反正无论如何也不能集中精力于某本书、某件事。除了吃。

天气格外好，阳光普照，草木疯长，四处都是生机勃勃的样子，可我的内心却在灰暗宇宙中挣扎，只能用暴饮暴食来抵御慌乱填补空虚。那些吃食，或惊艳或平淡，统统被我塞进胃里，我的胃似乎成了无底洞。

我并不介意回忆那段黑暗时光，甚至对那些陪伴过我的食物们存有复杂的怀念。学校东门口有一家炸串店。炸串是当地很常见的小吃，遍布大街小巷。各种蔬菜肉类，吃客挑好之后交给老板，老板将串们一股脑儿扔进大油锅里炸，根据食材控制时间，炸好的串再刷上辣椒油，撒上香料粉，吃客接过来，趁热吃。每次从东门过，我都要去吃炸串，老板和我已经很熟了，炸好的串，在刷辣椒油之前，会在神秘小锅里稍微浸一下，然后再进行下一步的常规操作，而普通的吃客是没有这项待遇的。

关于这个神秘小锅还有个小故事。那天我在炸串店遇到一个本地人，他和老板用我听不懂的语速极快的长沙话交流，我看见老板将他的串伸进一口不起眼的小锅里涮了涮，于是我开始发问为什么我的没有。老板听罢连连摆手："你吃不得！好辣的！"

"我能！"我向前一步，像捍卫某种尊严般大声宣布，"我是四川人。"

老板听罢愣了一下，然后笑笑，于是我刚出油锅的包菜也被放进了神秘小锅里。故事的结局你们大概也猜到了，小锅里盛放着炸串老板家祖传的超级辣油汤！那串接受了辣油超度的包菜在我一口咬下去的瞬间就注定了被丢弃的命运——实在是太辣了，以至于都不能说是辣，从口腔到胃一路烧起来，剧烈又持续，我的脸颊通红，整个人呆若木鸡，失去了思考能力。那是一种完成了从量变到质变的辣，是一种颠覆认知的辣，使我大为震撼。然后，我用泪眼婆娑的余光瞥见了老板和那位本地人善意的嘲笑。

我并不服气，过了几天，我再次向炸串店或者说向自己的承受力发起了挑衅，估计老板对于面前这个胖乎乎的小姑娘也有些无可奈何了，只好用他积累多年的娴熟手艺以一种极快极诡异的方式让炸串与神秘小锅之间发生了某种纠缠，我郑重地接过那串小蘑菇，一股莫名的使命感油然而生。辣！但刚好抵达我能承受的极限，我用毅力坚持着，一口一口吃了下去。从表面上看，我成功挽尊！实际上，辣度跟上次比起来有天壤之别，我暗暗感激炸串老板的善意。于是我反复经过那家炸串店，反复从老板手里接过炸好的串，反复感受那种灼烧的刺激以及大脑麻木之后捕获的短暂快慰。

对于暴饮暴食的我来说，类似炸串这样的小吃只是路过时的随意之举。那些整碗整碗的米粉啊糖油粑粑啊，才是填满我身体的主力军。长沙人新的一天通常都是从嗍粉开始的。米浆制成的扁粉码放在灶头，等待吃客的临幸。南方人长于米事，吃厌了米饭，便把米磨了浆制成粉煮着吃，还可以摊成薄饼做春卷，或者糯米蒸熟了打成糍粑。对于米食，南方人总是倍感亲切。第一口米粉吃到嘴里，眼里便泛出了泪，那个时候我究竟有多少莫名其妙的无助和孤独，至今仍匪夷所思。那口米粉软软的，带着米香，带着烫人的温度，被我的牙齿轻轻碾碎，我甚至有点儿舍不得咽下去。

长沙人在吃粉这件事上带着北方的豪爽，无论哪家粉馆，一律用大斗碗，足量的粉，满满的汤，稀里哗啦连吃带喝饱肚又过瘾。调味用的各式咸菜、剁辣椒、辣椒面全都无限量供应，吃客可以任性添加。我常常低着头钻进一家粉馆，要一碗牛肉扁粉，再自行加一勺酸豆角一勺剁辣椒，整碗吃下去，其实很撑，可我停不下来，必须吃得干干净净。不是因为好吃，而是几近病态的执着。最可怕的一次，我吃完粉走了不到五十米又进了另一家店，继续点，继续吃。我麻木地吃着，不知道为什么。

我也问过自己为什么。其实我对答案漠不关心，只是问问而已。我一边走一边吃，不停地走不停地吃。有一种长条包装的小饼干，有呛人的辣和浓厚的油脂味，我一次可以吃三条；还有一种绿豆馅儿饼，五个一包，滋味清甜。冬天的长沙潮湿到每件东西都成了一团海绵，一拧就能拧出水来，我穿着显瘦的黑色外套穿行在学校外面那些不知名的大街小巷里，见到吃的就买，买了就吃。

他们把它称作糖油粑粑。糖油粑粑，经由任何一个人嘴里说出来都充满了闲散又有趣的滋味。"要一份糖油粑粑。"我也是这样说的。接过来的塑料小碗稍微烫手，里面有四个，小小扁圆，金黄色，冒着热气。我用竹签挑起一个送到嘴边，油腻的气息扑面而来，脆皮、粘牙，内里的细软始终缠绵在唇齿间，很难下咽。嚼到最后，只能突然痛下决心，强行将嘴里的混乱一股脑儿咽下去。奇怪的是，那之后，米香、糖香和油香才慢慢升腾起来，溢满口腔和整个呼吸道。这是一种奇妙的体验，我拿着糖油粑粑，站在长沙潮湿寒冬某个傍晚的街边，怔住了。

不管你信不信，我胖到过一百二十多斤，对于曾经瘦瘦的我来说，无论如何都难以接受，因此我只想自己待着，不愿意和任何人走在一起。一方面我掩饰当下的胖，压抑着向所有人解释我其实是个瘦子的冲动；另一方面又继续吃，毫无节制，铺天盖地地吃。直到现在，虽然我早已经恢复了逢衣必买小号的状态，却始终摆脱不了一个噩梦般的场景——一个胖子望着挂在墙上的裙子，内心充满着穿不进去的恐惧。只有胖过的人才会明白那种可怕。

人每天都要吃东西，有时快乐地吃，有时难过地吃，当然，更多的时候是没头没脑地吃。很久之后，我发现了一个规律，难过时吃下的东西，往往在记忆里烙上了特殊印记，甚至，那些吃食比快乐的时候吃起来更美味。人不开心自然食不甘味，可对我来说，似乎恰恰相反。

长沙被他们称为星城。有点儿梦幻，也有点儿积极向上的意思。因为那段抑郁的日子，我对长沙怀有一种复杂情感，当时认定非走不可，坚信只要离开自己就能重获快乐，一切都会好起来。可离开长沙之后的起初几年，我又经常悄悄坐火车回去，有时会约见朋友，更多的时候，谁也不见，只是一个人蹲在东门回想过去，回想那个幽灵般的身影曾穿梭在街头，默默吃下许多东西。

时至今日，很多朋友认为我乐观而从容，我想大概就是这些把我逼到墙角的一个人的时光赋予我的意义吧。我习惯不向人求助，因此，我只好用尽自己虚弱微薄的力气，再不惜花掉无数个青春美好的日子去换得今天勉强为继的坚韧。我一个人吃东西，自己跟自己讲道理，一点儿一点儿把自己拉了回来。

食物的治愈力量在我身上是有效的，那场可怕的暴饮暴食之后，我再没有犯过。这是我的幸运，我从极为糟糕的情形中居然找到了富有价值的经验，那就是在心情不好的时候一定要去吃自己最想吃的东西。让食物在最短时间内制造愉悦，那种愉悦足以驱散负面情绪，像一阵和煦的南风推着你，回归生活正轨。

回　锅　肉

　　四川人尤其是老一辈对回锅肉的感情，大概就好比是北方人之于大锅菜。其实，作为经典川菜，家家户户的做法都不尽相同，实在也没有必要做挑剔的界定。每个孩子都喜欢吃自己妈妈炒的回锅肉，甚至会在小伙伴间炫耀："我家今天中午吃回锅肉哟！"别的孩子一听就会流口水，一边又愤愤地想，哼！我也要回去喊妈妈给我炒回锅肉！

　　我曾跟北方的朋友聊到过，四川人，哪怕再普通再拮据的家庭，对于炒菜做饭的事情都是极其讲究极其认真的，绝不胡乱对付了事，这是一种乐观的生活态度。论据源于童年时期我跟着家人去一个小镇走亲戚的经历。

　　亲戚的邻居是一位大娘，五十来岁，守寡很多年，和儿子相依为命。我亲眼见过她，矮矮小小的个子，系着旧围裙，在自家门口的石桌上置好案板，认真地将一小块猪肉切成薄片，小碟子里整齐码放着备好的姜片和青蒜段，一团豆瓣陪几颗豆豉静静地卧在旁边。她切得特别专注，带着饶有兴致的神情，与周围喧嚣的世界完全脱离出来，就那样一刀一刀仔细切，切了很久。终于，切好的肉片被小心翼翼置入空碗，她端着食材转身进了厨房。嗞一声之后开始噼里啪啦地乱响，很欢快很跳跃，我猜想大娘手中的锅铲左右翻转，肉片正在打卷变成灯盏窝，不一会儿，就闻到了有些呛人的猪油味，夹杂着豆瓣的焦香还有青蒜的清爽。

这些香气就像是信号弹，她的儿子下班回家了。母子俩坐在桌边，一起吃完那盘分量不多的回锅肉，就着白米饭。那个场景给我留下了极深的印象，时常在饭桌上提起，我原本想表达那种坚韧乐观足以打动人心，结果往往引来亲友们对于回锅肉做法的讨论。

其中比较有意思的是五花八门的"客串"食材。过去，在物资紧缺的年代，吃肉是一件大事，为了让一盘含肉量十分有限的回锅肉尽量显得壮观一些，人们动了许多脑筋。条件好的会将油条切块加进去，这是最简单省事又最美味的，毕竟油条本身已经很好吃了，还有的做白面饼，摊得软软薄薄的，混在肉里一起炒，也可以把大辣椒、土豆之类切片加入，当然，这样的效果就要差一些。我一边听他们描述一边想象那样的大杂烩吃起来究竟是什么滋味。

其实我并不爱吃回锅肉，太油腻，而且它的香味我也不太喜欢，再加上没有经历过老一辈的艰苦岁月，缺乏那种"过段时间不吃回锅肉就会浑身不自在"的情怀，回锅肉对我来说，始终没什么吸引力。

直到我从一位婶婶那里听到一种极为精细考究的做法。取适量红薯粉加水调和均匀，倒入锅中，用小火反复翻炒，随着温度升高，白色的浆液慢慢凝固成褐色透明状，待白色完全消失，锅中会出现一团富有弹性的小球。趁热将小球擀成薄片，因为韧性十足，需要持续且用力地擀很长时间，然后晾凉，切成菱形小块。而这些小块充当的，便是同前文所提及的油条、白面饼一样的角色。婶婶说，和回锅肉一起炒，特别美味，软糯有嚼劲，颜色和样子也像肉。不得不承认，它激起了我的阵阵惊叹，没想到，仅仅是为了往一道菜里添加些充数的食材，竟然需要耗费如此繁杂的工序，在那个过程中，倾注的是怎样的耐心和善意？灶前系着围裙的人是谁？她又是在为谁悉心料理着这一切？当真只是为了弥补几块肉的分量吗？我想未必。

　　好好吃饭。这应该算得上是最朴实无华却又光芒万丈的人生训示了吧。

蒜 香 排 骨

有为数不多的几个人，吃过我的蒜香排骨。这道菜，我已经不会做了，并不是忘了做法，也无关好吃与否。我知道现在网上随便一搜，就能得到大量关于蒜香排骨的信息，我从来没有去搜过，可见，我完全没有兴趣去证实我的做法究竟有没有与别人雷同。

这道菜完全是靠我自己凭空想出来的。2005 年，到石家庄第三个年头，我还是极少出现在食堂，不肯面对那些陌生的饭菜。下班回到宿舍，我常常给自己煮一碗面。清水煮面，放几根绿叶菜，捞起之后浇些辣椒油，再挖一勺妈妈自酿的豆瓣酱。然后，我会坐在床边，捧着满满的一碗，把它们吃完。这个场景曾无数次在 316 单身宿舍里孤单上演。

"其实不难吃，味道挺不错的。"与远方的朋友通电话，我向她描述豆瓣面的时候，她居然哭了，我只好停下来安慰她。

"为什么不出去喝酒吃肉，关在屋里煮什么破面。"

"我不想出去。"

"你就是懒。"

在被她各种数落各种讥讽之后，我们决定寒假约会，那通电话最终在我们沉浸于见面后各种寻欢作乐天马行空的热切憧憬中愉快地挂断了。我放下滚烫的电话，心想，今天我要做饭吃。

肉店大叔的穿戴十分不羁，特别像《国产凌凌漆》里面卖肉的周星驰。我买了排骨，请他剁成小块。大叔十分痛快地答应了，吭哧吭哧——咔咔咔，手起刀落，我一看，分明就是大块嘛。于是，我又要求每块再一分为二，这回他有点儿不高兴了，嘟囔了两句，不耐烦地乱砍一气，动静特别大。我吓坏了，赶紧付钱走人。回去一看，才惊叹大叔刀功了得，刀印利落齐整，排骨个头儿均匀，块块分明，莫非他才是隐藏江湖多年的刀客？再配合他江湖气息的造型，我不禁摇摇头，内心暗暗拱手道：佩服！佩服！

洗净的排骨滗去水分，倒入少许老抽、适量生抽，再挤进些蜂蜜，浇上料酒。然后开始剥蒜。我买了很多蒜，记不清多少头，剥出来一座小山，花了四十分钟。那些蒜被碾碎混入排骨，我又拣了些桂皮、草果、香叶之类扔进去，添了两勺海椒烘干后磨成的面。充分混合之后，我和排骨达成共识——等待时间。

时间起。

时间止。

中途有点儿不放心，又撒了十三香。

接下来魔法开始了！腌好的排骨连带各种调料一股脑儿倒入油锅，搭载着浓烈蒜香的火箭在316宿舍里乱窜，锅铲翻飞，爆出的油星打在手背上，此起彼伏的疼，有如低伏电击。就这样机械地炒啊炒，过了好久，我才意识到排骨应该是炒不熟的，于是顺手把桌上一瓶矿泉水倒了进去。煮吧，盖上锅盖后，我突然意兴索然，便歪到床上翻书。

大概炖了半个多小时。揭开锅盖的瞬间，眼前全是水汽，雾蒙蒙的。接下来是漫长的收汁，锅铲不断地翻来覆去，我只觉得胳膊发酸，就这样把最后一点儿水分驱逐出境，手背再次遭受小型电击，忍痛坚持了一会儿，我决定关火。至此，锅里闪耀出迷人的油亮光泽，蒜碎和海椒面乖乖附着在每块排骨上，那一刻，我知道我成功了。

排骨软硬适中，尤其是软骨部分，与肥肉的脂肪、瘦肉的纹理合为一体，给予了口腔多元的咀嚼享受，蒜香浓郁，带出丝丝点到为止的卤味，海椒面的焦香与蜂蜜的甜鲜又为这趟完美的味觉之旅增添了风趣。

"没有焯水确保了原汁原味，看似粗犷实则高明；蜂蜜提鲜很专业；先炒后煮再收汁，完美入味！"第二次做这道菜的时候，隔壁同事循着香味前来蹭饭，尝罢这道蒜香排骨几乎亮出了满分牌，尤其在得知我很少做饭之后他更是惊叹于我做饭的天赋。

"哪有什么天赋，误打误撞而已。"我谦虚道，心里却摇头晃脑很是得意。

单身宿舍 316 总共见证了三次蒜香排骨，搬离之后我再没做过。因为这道菜跟孤独有关，那间空空的宿舍再也没有出现过我，也再没有出现过蒜香排骨。前两年，那栋老旧的宿舍楼终于拆掉了，这下好了，我的 316 被敲成了碎片，那段关于一个孤独的人弯着腰坐在小凳子上默默啃着排骨的记忆最后也化作碎片跟着它灰飞烟灭了。

会做饭的表弟

　　正如每个家庭都会有一个在做饭方面特别白痴分不清柴米油盐的傻笨呆一样，每个家庭也很可能出现一位极富天赋无师自通的大厨。我不是在说我，很显然，单凭一道蒜香排骨是远远不够闯天下的。

　　我要说的是我那位从小就在厨房里有所作为的表弟。具体地说，是在他小学二年级的时候。有天放学我去他家写作业，由于姑姑和姑父都没下班，写作业这件事就显得有些心不在焉，两个人有一搭没一搭地写写画画。突然，表弟扭过头来问："姐姐，你饿不饿？"当时我完全不明白他的意思，姑姑还没下班，就算饿也没办法啊。

　　"我来给你做好吃的吧！"表弟说完神秘一笑，放下铅笔就咚咚咚地奔向厨房了，我也推开本子，半信半疑跑去凑热闹。你们可能觉得接下来要发生的事情多半与黑暗料理有关，非也。至少，对于一个小学生的饮食阅历来说，完全算得上美味了。

表弟的第一道菜——大汤勺烤鸡蛋！其实我不爱吃鸡蛋，每天早上都要对着那枚白水煮蛋发愁，噎在喉咙口吞吐不得的感觉实在糟糕。因此，看见表弟拿出鸡蛋的时候我颇有些失望。整枚鸡蛋打进大汤勺，不搅拌，直接拧开燃气灶对着火开始烤。表弟煞有介事地来回晃动汤勺，鸡蛋慢慢凝固，边缘的蛋白受热过多，开始发黄，弥散出一股奇异的焦香。烤了两三分钟吧，其间表弟还很老成地看了看表，我觉得他也就是意思一下，根本没看清。然后关火，开始调味，食指和拇指捻起盐粒，随意一撒，调味结束。

　　"姐，可以吃了！"表弟把大汤勺伸过来。

　　我取了把小勺，一点点挖着吃。先不说蛋黄，单说蛋白，口感就很丰富。边缘有点儿煳，略显焦脆，配合白盐，满口生津；中间的，鲜嫩润滑，还能品咂出丝丝回甜。稍微有些烫，我一边吹一边吃，蛋黄基本是溏心，带着适当的咸度，吞咽顺畅。我就这样毫无障碍地吃下了一整枚鸡蛋。唯一不快乐的是，意犹未尽的我，不得不站在旁边目睹表弟用同样手法烹饪了另一枚鸡蛋，然后再眼睁睁看着他极为享受地吃完。

　　这样一来，真的饿了。饥饿感并不是在粒米未进的时候最严重，而是在浅尝辄止之后才显得难以忍受，正如只有失恋之后才知道黑夜多么漫长，没有恋爱经验的人往往体会不到单身的孤独。而美食之美，必须少而精，在最短的时间里愉悦最多数量的味蕾，要快速开始也必须快速结束，方可教人念念不忘，回味无穷。八岁的表弟仿佛已经悟得这个道理，所以他没有再烤鸡蛋，接下来，他为我煮了一碗面。

我爱吃面大概就是从那一碗挂面开始的。碗底搁猪油，半固态，白花花的一团。然后是酱油、味精、芽菜碎、海椒油以及海椒面。大锅烧开水，挂面煮至断生直接捞进碗里，不加一滴汤。表弟说这叫干拌面，替我细细拌匀，猪油在面条的温度下缓缓化掉连同各种调味品一齐附着在面条上。

用筷子挑起来一缕，由于拌的时间较长，面条温度已降至适口，猪油润泽着整个口腔，虽没有面汤却并不觉得口干，芽菜咸鲜爽脆，海椒油与海椒面赋予的香辣同柔软的面条一齐在舌尖缠绕，很快吃到见底。

那只烤鸡蛋连同那碗干拌面在我的记忆中储存了三十年，每次想起都赞叹不已，我甚至非常客观地怀疑过自己总是在无形中不断修正不断美化它们，把原本粗糙随意的拙食神化为人间美味。写到这里，突然很想马上冲进厨房用表弟的方法再烤一枚鸡蛋，看看究竟是不是那个味道，究竟有没有我描述得那么好吃。但我还是忍住了。事到如今，真相其实并不重要了，重要的是，它曾经让我觉得那么好吃，并且好吃了那么多年。

我由此想起一位朋友，她始终对一位小学时期暗恋过的男生念念不忘，我曾无数次听她描述对方如何洒脱如何器宇不凡，又如何令同班女生乃至同级女生为之倾倒以及为攫取他的"芳心"展开宫斗厮杀，听得多了，他几乎也快要成我的男神了。可我亲爱的朋友却做了最不应该的事情。有一天，她鬼使神差专门请假回到老家去约见那位男生，结果惨不忍睹，昔日少年变成一个几近潦倒的大叔，思想爱好、举止谈吐完全偏离预想。据朋友描述，就连说话的声音都变成了令她厌恶的那种。长久以来的美好颓然坍塌，朋友失落的程度堪比失恋。唉，记忆之所以美好，正如自我催眠之下的梦境，偶尔沉浸其中忘却烦恼，可以暂时当真但绝不可客观求证。

还说回表弟，从小到大，我多次目睹他在厨房里进行的各种成功尝试，也见识过他看完《济公传奇》后同小伙伴偷出一整只鸡立志要做叫花鸡结果差点儿把后山给烧了的壮举。不过瑕不掩瑜，表弟在我心目中始终都是家里的首席大厨。最近他频频在微信里高调秀美食，一顿饭居然做出八道菜，啧啧啧，看上去漂亮又美味，无奈相隔太远没法儿品尝，只得在那些照片底下发几条尖酸刻薄的评论聊以遣兴。

翠 土 之 爱

吃火锅，你的必点菜是什么？

答案肯定是因人而异的。如果要问我这个问题，我的回答永远都是：土豆。

土豆。土豆。土豆。重要的事情说三遍。确切地说，是土豆片。吃火锅通常都会将土豆切片，土豆块或者整个土豆扔进去煮的情况，我还没有碰到过。

一位成都朋友在这方面和我有着强烈共鸣，我们对于煮软了或者煮面了的土豆完全不感兴趣，只喜欢刚刚断生咬起来脆脆的那种，为此还专门取了个名字——翠土。取"脆"之意，却用了"翠"字，一方面是我俩心照不宣脑子里首先蹦出来的就是翠绿的翠，此乃天意；另一方面，翠更显得生机勃勃，比脆更脆。奇怪的是，除了我俩，周围的人都喜欢煮到又软又面，因此截止到今天，仍然只有翠土二人组。每次回成都，翠土二人组必然有一场翠土之约。

四川火锅的涮品种类繁多，荤荤素素五花八门，我俩却是一上来先点土豆，至于其他，都是心不在焉随意点些来掩人耳目罢了，完全沦为陪衬。黄灿灿、新鲜大片的土豆下锅之后，满怀期待中掺杂着一些按捺不住的冲动，有点儿像小时候吃方便面倒入开水静待三分钟的那种心情。太爱就无法理性，翠土二人组生怕土豆煮软了，时常过早地捞起，结果一口咬下去，基本上还是生的，只能再扔进锅里继续等。一般来说，我们吃两份土豆完全没问题，有时碰到量少的，就会接着点第三份，即便如此，锅中最后一片翠土还是会在我们的觊觎中被虚伪地让来让去。

吃翠土我是不动筷子的，由经典川味火锅浸煮后再蘸上麻油、蒜泥、小米辣，一定要用食指和拇指轻轻拈起，浓郁料香裹缠着土豆本身的清香，香辣浓烈的淀粉食物在充满热爱的咀嚼中释放出丝丝回甜，加上脆爽的口感，每一口都是舒适而满足的味蕾享受。想想吧，用如此热闹华丽的方式处理一份再普通不过的食材，并且让它爆发出光芒四射的魅力，这个过程本身就充满激情，富有成就感。

裸手吃食是我的小爱好，尤其对于爱吃的东西。我认为手指与食物直接接触是享受美食的重要环节，同时，也是对食物的爱和尊重的表达，我甚至认为食物与手接触之后味道会变得更好。因此，除了裸手拈翠土之外，吃麻小、啃鸭头鸡爪我也是裸手上阵，店家提供的一次性手套从来不用，美味和我的手指相处得十分愉快，我也通过与食物的肌肤相亲更深刻地感受到了食物传递给我的那份饱满与踏实。

我在网上见过一条建议，大概意思是说如果女孩儿和男朋友初次约会，吃饭时千万不要点鸡翅鸭爪之类，因为食之不雅，有损形象。对此我十分不赞同，在我看来，如果对面的女孩儿大大方方抓起一个鸡翅，有滋有味地啃之，那模样绝对率真又动人，比起故作斯文拿筷子夹起来要好过一千倍。

翠土二人组边吃边聊，从口腔到肢体再到大脑，全方位愉悦。对于热爱土豆的人来说，常常嘴里吃着土豆，话题聊的还是土豆。初中就读的那所学校建在山上，每天上学都需要爬一段很陡的斜坡，放学时分，学生们从山顶蜂拥而下，那场景真是有如山洪暴发。而那个飘散着诱人香气的土豆摊仿佛一尊奇石，在滚滚洪流中屹立不倒。他家只卖一样东西——凉拌土豆片，脆的，带着生腥味的脆，属翠土无疑。如果我没有记错的话，应该是两毛五一串，一串有五片，买的学生很多，围着摊子里三层外三层，经常供不应求。有时生意太好了，挤进去才发现已经卖光，如果实在想吃，就只能守在边上等下一锅。

我基本上每次都会等。

食物各有所属

这个星球上有很多迁徙动物，它们年复一年从南往北，再由北归南。我的情况和它们有点儿相似，就像是一只候鸟。如果真能像鸟儿那样冲入云霄，我很想问问同伴，哪里才算是我们的家乡？或者说，我们究竟有没有家乡？我十八岁离开四川，之后一直以外地人的身份在他乡生活，虽然每年都会回川，却总是来去匆匆，人事风物也越发陌生，俨然一个过客——无论经由怎样长途跋涉到达的地方，似乎都不是家乡，我这个时常走在旅途中的人也就渐渐失去了归属感。

离开四川这么多年，最令我惦记的莫过于樱桃了。四川樱桃个头儿小，鲜红色，果肉娇嫩无比，带着樱桃独特的香甜气息，我一直觉得那是一种类似蔷薇的味道，后经查证，樱桃的确属于蔷薇科，大概与这一点有关吧。我从小就爱吃这种小红果子，可惜它的果期极其短暂，五月上旬，樱桃开始上市，未及六月，市场上已经寻不见踪影。巧的是，樱桃当季时，恰逢草莓也上市，妈妈喜欢樱桃草莓各买一些，小心翼翼反复清洗，再用淡盐水浸泡之后才算放心。我总是忍不住先挑樱桃吃，鲜红的果子晶莹剔透，表皮饱胀着水分，阳光之下微微闪光，吃一颗樱桃等于吃下一件高贵且精致的艺术品。对于一个女孩儿来说，那是带有仪式感的身心愉悦的乐趣。

相对于娇小的体形，樱桃的核实在是太大了，吐出那圆圆的核，最终能吃到大约三毫米厚的果肉。就是那么一点点果肉，令我魂牵梦萦。这些年，想吃到新鲜的四川樱桃几乎成了我的心病，说来也奇怪，其实哪个地方都有樱桃，只是品种各异，果期不同，可无论如何也品咂不出记忆中樱桃的滋味。

大学时期有个好朋友知道我喜欢樱桃，一直惦记在心。毕业前夕在超市里发现了黑色车厘子，惊艳无比，立马斥"巨资"为我买了一盒，傍晚时分约我下楼。月色下，他满怀期待，以为终于可以帮我圆梦。我接过来撕掉包装，一颗一颗吃下那些甜得发苦毫无樱桃香味的陌生果子，车厘子渗出黑色汁液，而我不知不觉掉下的眼泪最终也没能冲掉彼此的失落。

在樱桃这件事情上，妈妈也为我做过很多努力。她曾精选当季最红最甜的樱桃洗净之后冻得硬邦邦，装进泡沫保温箱坐上飞机千里迢迢送过来，再陪我一起默默等待，那些红红的小东西慢慢从一摊冰水中探出头——蔫蔫的，果肉和果核已经自然分离。她还为我熬制过糖水樱桃，味道也不错，但终究无法媲美新鲜的樱桃。妈妈甚是失落，她没有办法让我吃到新鲜的樱桃。樱桃太娇弱了，根本走不了那么远，它也不愿意离开家乡，压根儿就没做过跋山涉水的准备。我想我也不应该把妈妈留在身边，她应该回到家乡，和樱桃一起，等着我。

吃食方面，我总会遇到一些怪现象。曾在峨眉山上吃到过顶级腊肉，深山老林的年份烟熏老腊肉啊，被切得极薄，香气撩人，脂肪的甜美令人深深沉醉，遂买了几条带下山。回家用同样的方法上锅蒸、切薄片，结果却味道寡淡，远不如当初迷人。家乡盛产红橘，橘香扑鼻，甜脆可口，亦可入药。我从市场购得当日采摘个儿大饱满的红橘带回北方，却发现甜脆不复，居然还吃出些酸涩，香味也变得若有若无。很多朋友可能都有过类似的体验——在某地尝到了某种好吃的东西，便想着多买一些带回家，与亲朋好友分享，待到再吃时却发现味道大打折扣，进而怀疑商家做了手脚以次充好。

有一年去云南，在昆明街头觅得一种叫舂鸡脚的小吃，现舂现吃，用了新鲜的小米椒、折耳根还有青柠檬调味，与鸡脚一起舂得乱糟糟，极其入味，红绿黄白，色调清新，吃到嘴里鲜辣又酸爽。我一见钟情，连吃两份，直吃得大脑麻木智商为零。整个云南之行，美食美景那么多，吃也就吃了，看也就看了，唯独对这个舂鸡脚难以释怀，终于在走之前匆匆找到那家店足足买了五份，仔细打包准备空运回石家庄。我原本只是想让这美味多陪我一程，可当我在飞机上打开那包一路精心呵护的宝贝，失望随之而来——酸也不是酸，辣也不是辣，味道完全不对了。从店家打包到飞行途中，全程不到三个小时，在万米高空，离开乡的舂鸡脚令我陡然陷入失恋的困境。

大概每一种食物都拥有深刻的归属感和地域尊严吧。你要想尝到食物正确的味道，就必须亲自前往，一定要做到"我去"，而不是等着"它来"或者试图将它带走。保鲜技术再好，交通工具再快，也无法阻止食物折损，更为关键的是，食物离开它原本的归属地就会不开心，就会任性、发脾气，于是它变味，败味，甚至失去滋味。食物的味道，一定和它所处的地域特点有着强烈的关联，包括气候、海拔、经纬度。

我想我大概也明白了为什么在外地永远吃不到正宗的川菜，因为离开了那个潮湿环境，离开了它们原本的坐标，即便所有的食材都由四川空运过来，所有的炮制过程都严格遵守，最终也无法获得它原本该有的味道。

烧烤古今谈

据说，人一辈子会吃掉总重量超过 50 吨的食物。气壮河山的 50 吨，正是从每天的吃吃喝喝中积累起来的，包括上班路上匆忙咽下的豆浆油饼，包括忙里偷闲的一小袋话梅，包括浪漫精致的意大利菜，也包括狼烟四起的啤酒烧烤。

我喜欢吃烧烤，曾站在烧烤摊儿边忘情地发表过"只要是烧烤就好吃"的言论。每到一个地方，尝尝当地烧烤是我的必修课，有趣的是，无论什么地方，总能找到烧烤的聚集地。我的经验是，找人最多、最喧闹的摊位，乱七八糟地烤一堆，与同伴边吃边聊，好不好吃不重要，只等惹一身烟熏火燎的气息。对呀，我爱吃烧烤最主要的原因就是迷恋它的气息，那是一种极为混乱的复合体，有呛人的香，也含有许多危险的致癌物质，但我怀疑致癌的同时它们也带有类似安慰剂的作用，因为我每次一接近烧烤摊儿，空气中弥散的那种熟悉的烟雾总让我倍感亲切与喜悦。不知道这辈子吃过的烧烤最终会有多少吨，当然，在烧烤这件事情上用吨作单位实属夸张，但我的确非常严肃地思考过——为什么，烧烤这种所谓不健康的烹饪方式能在全世界普遍流行并且保持长盛不衰。

　　木炭，当然，也有可能是松枝、树叶等其他自然之物充当燃料，火与食材赤裸相见，由此产生各种物理化学变化，食材在浴火重生之后以一种颇具江湖气息的粗野姿态呈现到食客面前。据我的民间问卷调查，有很多人表示喜欢吃烧烤，虽然现代科学指名道姓地列出黑名单告诫我们烧烤不健康，人们却抵不住烧烤的诱惑，时常流连烧烤场所。原因是什么？我个人认为，这个问题的答案可能需要翻翻历史书。有一次课上，我给学生讲化学发展史，提到人类祖先钻木取火，火的发现改变了人类的生活方式。我问学生，能举例吗？有个学生站起来说，有了火就不用吃生肉了，他们可以吃烧烤。教室里一下热闹起来，我眼前浮现出一群原始人围着火堆手里抓着肉串的画面，这熟悉的场景几乎与前些日子吃自助烧烤的情形完全重叠。我突然就想到了一个词——返祖。

　　人类祖先最初的烹饪方式就是烧烤——火与食材直接对话，很多年之后才逐渐出现了锅碗瓢盆。我想我大概得出了前面问题的答案，现代人的烧烤情结其实是一种返祖现象，这样想来，那烟熏火燎的气味让人倍感亲切也就符合情理了。所以，撸串的朋友，你以为你在吃什么？那些烟雾缭绕的摊位，那些滋滋冒油的肉块，那些粗犷挥洒的盐粒，统统不过是在向我们共同的祖先致意罢了。我们吃下的烧烤，无论荤素，无论咸淡，都不过是在重现人类文明最初的饮食方式——许多人聚在一起，竹签代替当年的树枝穿起肉啊菜啊，再高举啤酒与祖先们隔空对饮，半醉之间聊八卦放厥词看美女，一阵阵飘来的烟雾恨不得把我们带回数万年前。

　　原来，真正令我们着迷的正是烧烤这种远古的生活方式，至于烤的是什么，味道如何，其实不那么重要了。而"只要是烧烤就好吃"这样的说辞，如今看来并非只是肤浅的感性之言，反而成了返祖现象的真实写照，颇具研究价值了。

食味与雅各

我上小学那几年，妈妈时常买回些寓言童话之类的书，也不要求我，只是很随意地摆在书桌上。玩得无聊了，我就会跑去挑一本来看。《豪夫童话》是我钟爱的一本，它的封面是绿色的，缀着抽象几何图案，有时像大象有时像火车。因为翻看频繁，整本书比同期买的其他书显得旧了许多。我从中读到了《大鼻子矮怪物》，整个故事充满了奇幻怪异的描述，在我阅读生涯初期留下了极为震撼的印象，我越害怕就越好奇，越好奇就越想看，于是反反复复读了许多遍，以至于整个童年连同青春期的许多梦境都跟故事里那些荒诞恐怖的情节扯上了关系。

它是一个关于烹饪的故事。怪婆婆对食材非常严苛——要求松鼠们收集空气中最细的灰尘来为她做面包，必须添加一种神秘香草才算成功的美味汤——按照今天的话来讲，怪婆婆实在是个高阶美食家。而最令我感兴趣的当数那株被雅各称为"喷嚏菜"的香草，它很少见，是怪婆婆的最爱。雅各因为好奇，偷闻了喷嚏菜，那气味便把他变成了一个又丑又矮的怪物，为此他吃了很多苦头，也经历了很多非凡的事情，苦苦寻觅之后才得以与那气味再次相遇，气味让他记忆复苏，恢复了正常人形，再次开启新的人生。当年我痴迷于小松鼠们如何训练有素地为怪婆婆打扫房间烹饪佳肴的片段，后来发现喷嚏菜的香气成全了雅各的回归才是故事最为动人之处。

有年夏天，我在腾冲的乡间集市上遇到一种杧果，果皮呈现出营养不良的淡黄色，捏起来也是硬邦邦的，我猜它不会好吃，无奈当时天色已晚，水果摊儿大多收摊了，只好匆匆买下几个带回酒店。岂料这几个杧果竟然蕴含魔法，切开后，一股熟悉的香气直冲鼻腔，瞬间让我想起一件早已忘却的往事：十三岁，人生中第一个杧果，一位朋友送的。那个傍晚，我倚在窗边，用水果刀像削苹果一样削去它的皮，然后一口咬下去，不甜，涩口，奇异的香，正是那种味道。那一刻，现实与往事重叠。

人活着，总是以展望未来的姿态缅怀过去，也许大多数时光都在盲目与空茫中孤独前行，没想到某种气味能让我们体验到类似穿越的感受，实属惊喜。气味，太棒了。

我有一个敏锐的鼻子。抽烟并不多的我，却能很神奇地分辨出两盒同款香烟味道上的细微差别，最后发现它们的确分属不同批次。而那些屈指可数的由气味创造出的穿越经历，越发让我觉得自己是某种程度上的雅各。其实，每个人都是雅各。

各种各样的气味充斥在生活中，如果人生的每次经历都是带锁的笔记本，被时间扔在墙角，逐日累积，越堆越多，尘封多年以后，当再次遭遇当初的气息，那气味便瞬间化作开锁密码，神秘的记忆也就由此打开。

烤红薯的小时候

　　老崔是北方人，他时常感叹熏肉大饼的滋味。二两猪头肉拌上葱丝蒜末往刚出锅的大饼中一裹，趁热咬下去，牙齿舌头急得直打架。老崔一脸陶醉，边说边咂嘴。看这情形，估计这就是他少年时代的美食天花板了。奇怪的是，那家店铺一直在，老板也没有换人，味道却走了样，老崔不甘心，路过总要买来试，却每次都摇头叹息。

　　有一回，我在城角街看到烤红薯的老式炉子，简直和小时候见过的一模一样，赶紧跳下车去买。穿戴略显邋遢的老大爷，还有那浓烈得刺鼻的焦糖香也都与旧时无二，吃到嘴里却不是记忆中的味道。这再次印证了一个令人伤感的事实，童年吃过的东西，长大后再吃，就没有"那种味道"了。

　　姑且将这种现象称作"烤红薯的小时候"。类似情形我还听很多朋友说过，谈及的吃食五花八门，几乎每个人都挂着无比怀念的表情，言至美味精彩处皆眉飞色舞，继而黯然垂泪，失落不已。这种故事听多了，不仅没有丝毫厌倦，反而进一步激发了我的好奇心：那种味道究竟是如何消失的？

在一个散步的傍晚，我试图与老崔、小黑子展开讨论。我认为，年少无知时，味蕾新鲜，神经敏锐，但凡入口的滋味都带着美妙与惊喜，加之早年物品种类贫乏，一物一抽屉，每件东西都能入脑入心。随着年龄增长阅历积累，各种风味尝遍，所谓饮食审美提高倒不如说味觉麻木了，这样一来，过去的朴拙料理自然显得寡淡了。二是如今食材已失去自我。比如番茄吃不出番茄味，草莓吃不出草莓味，和大棚种植、各种催熟技术有关，尤其是转基因食品，流水线的生产模式下难以复刻出大自然的生动味道。老崔听罢不置可否，只简单说了句，人变了。而小黑子的注意力已经转移到一群健步走的老头儿老太太身上，他发现大部分的运动背心上都印着"桥西一大队"，有三个人却是"桥西一队"。

"肯定是二大队派来的卧底。"小黑子警惕地环顾四周，猜测他们还设有埋伏。

他俩不好好配合我聊天也不是一回两回了，我干脆放慢脚步，在一棵高大的梧桐树下逗留了片刻。它至少有三十年树龄，稳稳当当地立着，也不知道这棵每天沐浴阳光雨露的大树会不会像人那样偶尔怀念过去，当它还是小树苗的时候，当它身上的枝叶还屈指可数的时候，曾经喝过的雨水，和被夏天的风随意吹拂的滋味。

小黑子陪我回四川，我带他去吃一家老字号的豌豆凉粉。小黑子俨然一位美食家，挑了几根到嘴里仔细品鉴，然后发表了看法："妈妈，其实它并不好吃，是你把它想象得好吃了。"听来也有几分道理，顺着他的意思往下想，也许是对往昔的眷恋在不知不觉中美化了食物，记忆中存放久了自然就变成了纪念品，由此推及开来，爱而不得的初恋令人难以释怀大概也源于此。有趣的是，这套理论在我们穿过两条街找到蛋烘糕摊位时立马土崩瓦解，小黑子一边大口吞咽，一边含混说道："真美味，妈妈，你小时候可真幸福，天天都能吃蛋烘糕！"

世事无穷尽

　　起了个大早，开车拉着妈妈去买菜，确切地说，是去找一种谁也没见过不知道叫什么名字的东西。前些天，妈妈在公园散步，闲得无聊，就点开了一条视频。里面介绍了一种凉拌菜，营养丰富，还可降低胆固醇。大概是被后面这条功效吸引，妈妈回来眉飞色舞给我讲了半天，执意要买到那种看起来像头发的野菜。但是，关键信息——野菜的名字——她没记住，我让她再看一遍视频，她又忘了从哪个群里看到的了。于是我们把手机放到茶几上，打开微信，两只脑袋碰到一起，挨个儿群地毯式搜索。

　　接连逛了好几个市场都没找到，妈妈说，那种东西长在大海边，海南肯定有。我点点头。临近正午，我们顶着烈日赶往下一个集市，四处充斥着陌生方言。语言不通，加之目标物不明确，浓烈的海腥味熏得人头晕目眩，我们在拥挤的人群中荡来荡去，仿佛置身另一片大海。最终，在一个不起眼的角落，妈妈神情笃定地拈起一撮紫黑色的丝状物，拧紧的眉头总算舒展开来。

妈妈决定把小贩篓子里的野菜全买走。一方面据她推断，这种菜折损大，堆得小山似的也择不出多少，另一方面是出于成本考虑，折腾了整整一上午才找到，不多买点儿对不起这份辛苦。我点点头。

接下来是谈判时间。甲方说海南话，乙方说四川话，听起来很像在吵架，其间我数次用相对标准的普通话辅以调停，最后以双方都十分满意的价格成交。我向来好奇这一点，价格属于玄学，为什么交易双方往往都觉得自己赚了，如若果真如此，那亏的人又是谁呢？

回去的路上，我向妈妈请教魔芋烧鸭子的做法。妈妈说泡椒泡姜是必不可少的，鸭子不能太嫩也不能太老，接下来长篇大论——用来做泡椒的辣椒要选什么样，哪种辣哪种香，而姜的老嫩又该如何区分，哪些菜适合老姜哪些菜须用嫩姜；接下来跑题——嫩姜切丝用蜂蜜腌制再加入一种神秘草籽（妈妈叮嘱，这种草籽切记不可公开，否则就不灵了）可以治拉肚子，而且不是普通的拉肚子，有个亲戚邻居家的小孩儿止不住泻，都奄奄一息了，后来用这个偏方救回一命；接下来树立新目标——明天抓紧买些嫩姜，家里正好有张家口寄来的野生槐花蜜，赶紧腌一些，有备无患。就在妈妈发愁海南这边能不能找到嫩姜时，我实在忍不住打断了她。其实我只是想吃她做的魔芋烧鸭子而已。

紫头发被一股脑儿倒进水槽，妈妈换上宽松的家居服，仔细系好围裙，准备要大干一场。我提出两条"最好"建议，一是最好先睡个午觉，二是最好上网查查资料，这东西究竟叫什么名字，如何掐头去尾，怎么个吃法等。妈妈拒绝了，并且胸有成竹地表示，以她多年的厨房经验对付一堆野菜绰绰有余。我点点头，回屋捣鼓自己的微缩景观手工作业了。

大概一个半小时之后，我收到了妈妈发出的求助信号。

孩子向妈妈求助是一件再平常不过的事。从小我就习惯让妈妈帮我拿这个找那个，或者扣子掉了需要缝补，或者手指割伤了需要她背着我去医院。这种情形很难颠倒过来，在我三十多岁的时候，有一次厨房着火，我仍然尖叫着喊妈妈，只见她身姿矫健地冲进来，抓起一块抹布几秒钟就平息了险情。但妈妈还是一天天变老了，手机问题遥控器问题越来越多，缝扣子要靠我穿针引线，拿这个找那个的效率也明显降低。很多时候明明是我让她帮我找东西，找的过程中我又不得不回答她若干问题，协助她打开柜门，扶着梯子护她登往高处，还得帮她回忆老花镜可能落在了第几个环节。但这些情况都发生在我向她求助的前提之下。

当有一天妈妈开始向孩子求助，意味着什么？当一个人在自己擅长的领域向并不擅长此领域的人求助时，又意味着什么？带着这两个问题，我疾速奔向厨房，妈妈迟疑地用筷子挑起几根菜须，问，这玩意儿究竟能不能吃？截至目前，她已经加了三次盐三次蒜泥，加了醋，加了鸡精，加了辣椒油，甚至还加了一小勺料酒。显然，还是没能压住那铺天盖地的腥味。

妈妈说不对劲，视频里小姑娘吃得笑嘻嘻的，不可能有腥味，即便有也不应该这么大。

但这个是妈妈求助的真正原因吗？屋子很安静，而水槽内部正发出河马般的怒吼，满满当当的水位纹丝不动，没有任何下降迹象。我大概观察了一下，其堵塞程度不亚于晚高峰的二环路。此时那些未能跳进碗里的丝状物蜷缩在一起，营造出一种蓄势待发的威慑力。

我无法判断妈妈有没有感受到这种力量。她已经转移视线，被远山吸引，那些流畅的轮廓和弧度、因遥远而显得陌生且忠诚的蹲守令她心旷神怡。妈妈甚至哼起了小调来，仿佛手边乱糟糟的麻烦与她毫不相干。

水管工人披一身金色晚霞来敲门。我将门打开，感到新的麻烦正在降临。果不其然，那只魔法般的大手轻轻一拧，水管咔一声破裂了。破裂的上方，工人掏出一团又一团混沌，它们重见光明，尽情舒眉展目，惬意得很；破裂的下方，污水开始往外涌，像音乐喷泉那样，时而欢快时而含蓄。地面上有了积水，臭气熏天。至此妈妈总算和我看法一致了：我俩应付不了眼前状况，需向他人求助。

网约的保洁工人翩然而至。她与妈妈年纪相仿，一边干活儿一边大力推销除油污和疏通下水道的产品，妈妈很快被其攻势所倾倒，加了微信，接收了数个购物链接，尤其对那种能融化头发的泡沫喷剂大为赞赏，进而感叹若早点儿买回来，就不用叫工人修水槽了。我提醒她，这是典型的悖论，因为水槽坏在先，保洁在后，两个事件存在因果关系，没法儿颠倒顺序。

坐到餐桌旁正好九点整，我和妈妈都感到格外高兴，水槽终于不往外喷泉了，屋里不臭了，地面也重回干净，而那些多余的惹麻烦的紫色头发通通扔进了垃圾桶，所有麻烦都被我们战胜，只剩桌子上那一小碗，温顺且安静。这样一想，的确很高兴。

在这种愉悦的情绪下，妈妈再次尝试了一口凉拌菜，惊喜地发现腥味并非难以忍受，于是又吃了第二口、第三口，直呼美味。我疑惑地看着她，受情绪控制的女人最可怕的一点，就是能打破原有认知，重组感官秩序。

下雨了，窗外的世界湿漉漉，所有反光的地方都映射出温和与善意，安慰着今天的劳累。从早到晚，庞大的地球呼哧呼哧旋转了一周，地球上的人儿也都折腾了一天，似乎一切又回到了原点。我想，借着雨声入眠是这一天最好的结束方式。而明天的开始是嫩姜切丝，是尚未探出虚实的神秘草籽，想来是有趣且美味的，但副作用暂时还无法预测。

半夜，我被妈妈摇醒，她起初用惊叹的语气描述我睡得像死猪那样沉，怎么喊也喊不应，而后虚弱地弯下腰，告诉我她腹泻不止，疼痛难忍。我点点头。我知道应该吃什么药，于是我冲进雨夜，不顾一切地向前奔跑，仿佛高尔基笔下的海燕。

途中妈妈的电话来了，并不是关心有没有找到药店，而是表达一种后悔的心情：要是今天买到的是嫩姜就好了，正好拉肚子能用上这个偏方。我提醒她，又犯了悖论的错误，吃野菜在前，拉肚子在后，二者存在明确的因果关系，如果没有野菜，再多的嫩姜也不会引发这些故事。

从猕猴桃到百香果

小学五年级，我去乐山找表姐玩，在水果摊儿上见到一种毛茸茸的褐色果子。姨妈兴奋地招呼我尝一尝，我从未见过外表如此不招人喜欢的水果，有些抗拒。那个戴着草帽的山民用一把生锈的水果刀将果子剖成两半，绿色汁液滴答下来，荧光绿的内里，点点黑籽，尖头朝里，排列成太阳般的放射状。

我立马改变了态度，像迎接一位老朋友那样拿起果子。这果子其实是见过的。"我梦到过它！"我跟表姐说，然后伸出舌头舔了舔，酸，裹挟着清新的花草香气。回家路上，表姐饶有兴致地听我诉说梦境：我在池塘边变成了青蛙，和同伴们蹲得小腿发麻，突然从林子里蹦出另一只，为我们表演了三连跳，就像拿薄薄的鹅卵石打水漂那样。上岸时它从肚子里掏出一个圆溜溜的东西，切开，里面就是那样黑色的籽，游弋在萤火虫般的光芒中。那只青蛙回到水里，一条前腿高举着切开的果子在我们面前游来荡去，我们瞪大眼睛，舌头伸得老长，却怎么也舔不着。后来同伴陆续跳进池塘，我也跟着跳，作为人我不会游泳，作为青蛙却很会，我熟练地伸展四肢，让身体潜入水底肆无忌惮探索八方。后来越游越慢，四周变得拥挤，全是切开的果子，我的视线开始模糊，渐渐分不清同伴的黑眼睛和镶嵌在果子里的黑籽了。醒来之前，我不是青蛙，是这个。

我从猕猴桃里小心抠出一颗籽，伸到表姐眼前。

表姐并不相信我说的，她认为我在编故事，不戳穿我是因为她想听听我到底能把故事编成什么样子。而这一切她觉得自己伪装得十分完美，我毫不知情眉飞色舞地表演着，她很享受这种滋味。事实是，我早就看穿了她的心思，而我说的都千真万确。

梦虽然虚幻，但只要刚刚醒来的时候复习一遍就不会忘记。我告诉表姐。表姐笑了，又露出那种装作相信实际上不相信的神情。我并不为此生气。在那个盛产独生子女的年代，我们是彼此最亲的姐妹了。我们每次见面都形影不离，从早到晚嘀嘀咕咕说个没完，表姐给我讲的故事我也照样质疑，但我仍然爱听，也许小小少女的乐趣多半是围绕着这些展开的吧。

买回来的果子还是生的，姨妈把猕猴桃和苹果放在一起，我们只能压抑着迫不及待的心情，在游玩中抽出时间默默祈祷它早日成熟。直到姨妈发现那些果子全烂了的那天下午，我还祈祷了三次，在第四次尚未出炉时，我们得知了这个悲伤的消息。当时我和表姐在楼下讨论《海的女儿》，我悄悄告诉她读完之后我哭了，表姐问："你是被什么感动了呢？"爱情这个字眼小小年纪说不出口，正当我愁眉苦脸想不出它的替代词，姨父下来了，手里拎着的袋子很眼熟。

"天哪，全烂了！"

那天晚上，大家聚在一起分析果子烂掉的原因。姨妈抱歉地表示自己完全忘记了这回事，姨父说他压根儿就不知道买了猕猴桃，而我和表姐都陷入了深深自责中。据交代，她一天祈祷七八次，我至少也有五六次。想想吧，祈祷一次，果子就熟一次，不烂才怪。

记忆中有很多年我都没有再遇到过猕猴桃，关于它的滋味，也始终停留在轻轻舔一下的舌尖。酸。时代变迁，如今交通物流十分便利，猕猴桃早已成为常见水果。遗憾的是，每次切开，都无法再与梦里的场景重叠。拿这个问题请教表姐时，我们都差不多人到中年了，表姐说肯定不一样，当年我们买的可是野生猕猴桃。

原来如此。野生猕猴桃，和猕猴多少沾些亲缘，跳跃，任性，隐居于深山老林，相见自然是困难的。因为有梦境与之呼应，还有关于表姐的童年回忆，猕猴桃在我的认知里始终带着特殊的美妙滋味。在某些空茫、孤寂的人生片段中，想起这些来，心里升腾出丝丝缕缕的暖意。因此，酸物有时也能带来温暖，带来安全感吗？

我喜欢甜，不喜欢酸。酸是冷的，具有攻击性，掺杂着寒意与恶作剧，带着挑衅、冒险。可我热爱的水果几乎全是酸的，多年来，我坚持只爱它们不酸的部分，又不得不在品尝时被迫享受各式各样的酸。

开始流行百香果时，起初我也很抗拒，它的吃法和柠檬差不多，必须辅以大量蜂蜜或者砂糖，调成冰块碰撞叮当响的果汁大口喝，等待大脑猛一下急冻的麻木。反正就是酸酸甜甜冰冰凉凉。后来有朋友从广西寄过来一箱，厚实的外皮，个儿大饱满，扮相是高贵的紫褐色。我漫不经心切开一个，居然再次看到梦中景象。

满溢的果浆中，黑色的籽微微颤动，香气扑面而来。我突然想起梦里青蛙切开果子时也有香味，不就是这种略显繁复、搭载着百花园和热带风情的味道吗？我仔细回忆，不知不觉抓起果子轻啜一口，酸味竟如此熟悉，刹那间恍然大悟，原来小时候梦到的并非猕猴桃，而是百香果。

这种相隔近三十年的重逢令我欣喜不已，小小的圆溜溜的果子暗中潜伏着，时机一到，便施展魔力把童年梦境搬进了中年现实。酸，难道也具备催眠作用？

恍惚中我开始相信一种可能性：我还在童年的梦中，青蛙从池塘里跃出，掏出果子，麻利地一分为二，我们各执半个，好似江湖侠客那样碰杯痛饮。痛饮前，我低下头，只见果皮杯中流动着星光熠熠的银河。人生太美妙了，我不想再费脑筋去思考什么，便把那酸溜溜的银河一饮而尽。

对生活上瘾

2021年夏天参观兴隆咖啡农场之后，我十分凶猛地喝过一段时间咖啡。除了本地豆子，我还搜集了不少外国豆子，让它们每天争奇斗艳，而我俨然一位咖啡大师，上网翻看咖啡知识，有事没事就摆弄手磨滤纸细嘴壶，煞有介事地品鉴、做笔记。

那段时间身体异常健康，我早上喝，中午喝，晚上也喝，居然一次胃痛也没犯，并且毫不失眠。家里永远弥漫着咖啡香，阳台上各种式样的咖啡杯子越添越多。我把咖啡豆磨碎，倾听那种哑着喉咙说话的声音成了耳朵的每日必修课，我把粉末倒进滤纸漏斗，一遍一遍重温化学实验室里最初的好奇和仪式感，我自认为操作手法细致，甚至还体现出相当程度的无菌观念，我用降至98℃的沸水浇灌咖啡泥土，然后欣赏那些松散的泥土在我的凝视之下断断续续渗出褐色液体，在杯底进出八瓣花，积少成多，演绎出伽利略的速度变化率。我一边享受着过程细节，一边无比期待仰着脖子咕噜咕噜的混沌感。起先我喝清咖啡，中间有一阵热衷于添加椰奶、炼乳、橙汁、巧克力，尝试各种搭配，然后又回归最初的纯粹。白天纠缠于上述种种，晚上做梦的场景也逃不开咖啡树林，咖啡豆堆砌的迷宫，以及咖啡豆中央的那道裂缝。我感觉生活仿佛掉进了咖啡陷阱，就跟朋友通电话，颇有些纳闷地问："难道这就是上瘾？"

"吃苦当然是会上瘾的。"朋友说。

听完我十分高兴，总算遇到让我上瘾的事情了。长久以来，我发现自己缺乏一种品质。有人沉溺于网络游戏，还有人摄影、钓鱼、盘核桃，几乎玩物丧志，换句话说，就是对某件事物特别上瘾。而我是典型的三分钟热度，很难持续地对什么东西保有兴趣。

我曾经仔细观察过长期坚持玩某款游戏的人，整个身心都沉浸在虚拟世界，完全是物我两忘的境界。看着他们豹子般盯紧电脑屏幕，眼中闪动着智慧又沉着的光，我既生气又羡慕，究竟怎么做到的啊，为什么我不可以。

再好玩的游戏到我手里也只是浅尝辄止，启动界面弹出的防沉迷警示仿佛成了尖酸刻薄的讽刺：呦呵，真多余，瞧瞧这个压根儿就不会沉迷的家伙！于是我扔掉手机，苦苦寻觅，甚至祈求上天，赶紧赐给我一件让我沉迷让我上瘾的事情吧。这种念头逐渐演变成一种执念，非得找到一个不可。我试过画画、做手工模型、跑步、吃保健品，切实体验到了它们各自不同的风味和魅力，却始终找不到那种牵引我一直贯彻下去的力量。我垂头丧气地哀叹，别人上瘾都是不知不觉的，哪像我，刻意为之也不行。

2021 年的夏天，喝咖啡的劲头又重新燃起了我的希望，为了确保它的胜利，我持续购置了大量咖啡，还督促自己写咖啡日记。但最终咖啡日记还是沦为了笑话，新建文档当天我复制粘贴了一百套表格，即使每天只喝一杯，只记录一次，也不过三个月光景，后面的日子长着呢，这些表格远远不够，我信心百倍地想。现在，电脑里正开着那个文档，童叟无欺，总共就记录了五次。

不能持之以恒的人肯定成不了大器，从自己无法上瘾这一点看，我注定是个碌碌无为的庸人。朋友说苦的东西容易上瘾，我表示赞同。咖啡是苦的，我曾抵达过对它上瘾的边缘地带，自我安慰地想，多少算是体验过了吧。有了这条提示，对于未来的规划，我自然要向那些与苦有关的东西发起进攻，比如说巧克力、莲子心、蒲公英，可这些都是食物，天天吃难度太大。于是我问朋友："除了咖啡，除了吃的，还有哪些东西是苦的？"

朋友说："生活本身还不够苦吗？"

苦吗？我一时间愣住了，活了这么多年，即便遭遇了许多波折，倒也没觉出什么苦的滋味呀。不过反过来想，问题似乎已经解决了，按照朋友的说法，苦的东西让人上瘾，生活是苦的，那我干脆对生活上瘾不就得了。

藿香外婆，雀儿花妈妈

有时候，妈妈就是外婆，外婆就是妈妈，回忆的内容越久远，二者越容易混为一谈。当女人生下女人，意味着容貌特征更大可能得以保留，说话的音韵，语调的顿挫，也往往在不经意间闪现出惊人的相似。

姨婆就是外婆，外婆就是姨婆。她们长得实在太像了，每次见面，姨婆都会用一种同小公主对话的语气和我聊天，问我有没有准备好迎接夏天的新裙子呀，关心我的指甲油是不是带亮片的粉红色。姨婆本人也是公主，因为她总与我抢着玩秋千，并且要求我兜里的水果糖分她一半。夸我漂亮的时候，姨婆的手摩挲在自己脸上，仿佛在说她更好看。外婆从不这样做，她长时间守着厨房，偶尔抽空跑出来训斥胞妹又把她最疼爱的外孙女逗哭了。其实，稍加仔细不难看出姐妹俩的区别，外婆的形容更为娇弱，额头清淡眉眼温和，姨婆挑食，眉毛也爱往上挑，撇着嘴这不吃那不吃，成天抱怨姐姐把菜煮得太软没了滋味。

在外婆的五个孙辈中，我自诩是她最为疼爱的，因为婴孩时期我和妈妈远在新疆，外婆没有抱过我，而且从小到大我与外婆一张单独的合照都没有，这种重大遗憾在一遍遍叹息声中扬起愧疚并加固了爱，逐渐拉开了我跟其余四位兄弟姐妹之间的差距。

即便我翻遍记忆也找不出什么像样的事件来佐证，但我相信它的确如此。稍微上了些年纪后，外婆经常被偏头痛纠缠，总想寻个清凉僻静处，暑假我们就会去大姨家住上一阵，那里有古镇，有石头小巷荷花池。无论白天玩得多么开心，到了晚上我必定想妈妈，愁绪和倔强一起涌上心头，马上收拾行李哭兮兮地要回家，怎么哄都不行。外婆忍着头痛陪我去长途车站："看，熄灯了，车子都下班了，明天再来吧，我的周小姐。"此处也显出了区别，姨婆向来无条件视我为小公主，外婆只有在对我的任性无可奈何时才会叫周小姐。回到文工团大院，我和外婆手牵着手在花坛边绕圈子，听凭蛐蛐儿叫蚊虫咬，两人都不肯进屋，那个时段姨父还在给学生上小提琴课，祖孙俩都害怕那乱糟糟的锯木声。迷蒙的夏夜，我请外婆讲故事，每次都怀着最甜蜜的期待，希望有仙女有精灵有透着七彩光的神秘大湖，可听到的永远都是鬼故事，永远都有一个想妈妈哭鼻子的小孩儿在森林里迷路，反复被鬼捉弄被鬼教育，听得我又害怕又生气。外婆见我又要哭，只好草草将故事收了尾，然后用一种夸张的戏曲唱腔叹道："哎呀——我的周小姐呀！"

我真的想不起更多关于外婆的往事了，可我知道她是最疼爱我的，甚至她都不会那么疼爱她的女儿，我是指我妈妈。这种执念不知从何而来，就像人生中很多其他的执念，找不到依据，却丝毫不影响它伴随你一生。外公讨厌藿香，外婆却对那个味道偏爱不已，当然这并非他们不生活在一起的主要原因，打我记事起，外公外婆都是分开旅行，常年游走在老家和几个子女的所在地，从不碰面。舅舅说，原本外婆也没那么钟爱藿香，直到她意外发现外公非常反感此物，之后便展现出极大的热情，外公眉头皱得越紧她就吃得越欢。难道这是属于外婆的叛逆？对此我始终半信半疑，毕竟我见过太多次，得了新鲜藿香叶子的外婆神采飞扬地旋进厨房，她是真欢喜。

要想品尝到藿香的滋味得有足够的耐心。外婆锁上了门，我没法儿近距离观看，只能透过磨花玻璃窥见一团模糊的身影，身影偶尔移动，动作很轻很慢，几乎没有声音。这样的情形会持续一整个下午，如果我没有记错的话。中途我喝水、剥橘子、翻杂志、看小人儿书、发呆愣神儿周游列国，一圈下来再回到窗台边，外婆还待在厨房里。一个女人如此倾注心血去料理一件她丈夫讨厌的东西，其中必定有奥秘。外婆去世后，我曾郑重其事地跟妈妈提起这件事，试图做一番探讨，不料妈妈轻飘飘地予以了否定：首先，藿香根本不用复杂处理，洗净切碎即可，哪里需要在厨房里忙活一下午；其次，外公并没有那么讨厌此物，也会吃，他们那代人大多都是吵闹一辈子，但吵闹也是感情。妈妈的话像解释，像安慰，更像是给我的童年记忆致命的一击。

所以，记忆并不可靠，甚至有时会显得荒谬吗？可我的自信正是建立在对记忆的深信不疑之上，所以我的自信也只能归于荒谬？这令我在回忆藿香的时候变得犹豫，那种让外婆不惜花去一整个下午伺候的小东西被切得细碎杂乱，拌在嫩胡豆里，是无论如何都摆脱不了的麻烦。它们粘在我的筷子上、嘴角边，我用手去捻，它们又悄悄趴到我指尖上，趁我毫无意识啃指甲的时候溜进嘴巴。于是我总算尝到了它——外公讨厌的、外婆痴迷的——藿香。我一会儿假装自己是外婆眯缝着眼睛仔细享受，一会儿又假装是外公胡乱嚼两口便匆匆吞下，竟在那种混乱的复合的芳香烃的缠绕中迷失了自己。

有次回川，表舅约我喝茶，聊起家族往事，我才知道这一大家子曾上演过各式各样令人称奇的戏码，譬如某位长辈年轻时家里给定了亲，却与另一位女青年互生情愫，非要退亲，被退亲的姑娘含恨喝下了农药，闹得满城风雨。"这是非要在一起的，还有非离不可的。"表舅坐在茶馆靠窗的位置慢吞吞地说。看到他瘦长的脸形，大眼浓眉，像极了外婆（其实应该说像姨婆，但姐妹俩太像了，说像谁都差不多），我有些恍惚，年逾花甲的表舅也陷入了恍惚，仿佛要借由午后慵懒的光亮回到几十年前——20世纪70年代，表舅的母亲，也就是我的公主姨婆毅然决然离婚了。原因很简单，姨婆爱上了另一个男人，无论老实巴交的姨公怎么说好话，四个儿子哭着挽留都没能让姨婆改变心意，姨婆一心追求爱情，想要同那个男人开启新生活。平静的小镇再次引发轩然大波，家中男女老少都深受困扰，走到哪里都躲不开别人的指指点点，调皮的小孩儿编起了顺口溜，专门等在妈妈他们放学的路上，远远看到了，就开始连比画带唱，反复演绎，尽是讥讽和嘲笑。毕竟那个年代离婚太罕见了，何况姨婆是如此高调地毫不掩饰地几近疯狂地发表了离婚理由。

我猛然意识到，记忆中那个用小公主语气和我聊天、要求分食水果糖的姨婆，那个怪姐姐烧菜没滋味的姨婆，已是离婚很多年之后的姨婆了，是执意追求真爱最后却丢了爱情又丢了家庭的姨婆，可我竟一点儿没有觉出她的哀愁与不幸，与我做伴玩耍的姨婆向来都是笑嘻嘻，充满童心童趣。照现在的说法，我亲爱的姨婆可能患有公主病。当年她肤白貌端，在姊妹中最漂亮也最受宠，或许正因如此纵容了她，在四十岁步入中年的年纪仍做出任性妄为之举。后来，表舅的大女儿完美继承了她奶奶叛逆的个性，长期待在外地不回家，找了一个比她年龄大很多的老师作男朋友，父女关系一度行至崩溃边缘。表舅说，本以为母亲离婚是他这辈子最感痛心的事，直到有一天接到女儿车祸去世的消息。

"有十年之久我不肯见她，尽管她的身体越来越差。"彼时我的姨婆年事已高，很难想象，她那遭受丧女之痛的儿子是如何一点点化解了对母亲的仇恨，并且渐渐理解了甚至认可了她当初大胆追爱的勇气。表舅试图弥补些什么，经常去探望姨婆，特别想问一句：妈妈，你当初离开这个家，只是为了爱情，并不是不爱我们了，对吗？表舅说他曾经还担心过，怕这种问法过于复杂，老人听着费劲，考虑把问题简化一些，其实是他想知道更多。妈妈，你其实是舍不得我们的，对吗？妈妈，你心里究竟有没有我这个儿子啊？妈妈，如果重来一次，你会留下来吗？妈妈……可惜姨婆已经失忆了，说话越发像个小姑娘，深陷病榻仍然爱干净，每天要洗脸刷牙梳头发，直至她去世，表舅都没能问出深埋多年的种种疑惑。

我听得心绪翻涌，作为故事主角的侄外孙女，试问要换作我，会作何选择？我断然没有如此勇猛、敢于放弃的决心，也向来不敢轰轰烈烈去爱、不敢坦荡无畏地去迎接成功或直面失败。但我相信，即便年华老去，公主还是公主，姨婆永远是那个和我抢秋千、检查我指甲油颜色的姨婆，回到当初，依然会为求真爱奋不顾身。这个答案或许也偷偷藏在表舅心里。

外婆家出美人，随便拽一个，没有不好看的。外婆年轻时梳着粗粗的长辫子，抽旱烟，喜欢自己磨豆腐，从沁凉的井水泡豆子开始，每一步都干净、仔细、漂亮。豆子哗哗作响在井水中翻腾，午后阳光被水波搅乱漾起刺目的反光，外婆半眯着眼睛查看豆子的软硬，石磨开始慢腾腾地旋转起来，两条胳膊忙活着，紧盯出浆的凹槽，起初什么都没有，一圈又一圈，还是没有，直至产生一种一切徒劳的错觉，那时候只消再转一圈，再转一圈，乳白色的浆液就会携带细密的泡沫顺着磨口流到瓷钵中，怡人的清香飘散在空气里——这些本属于妈妈的童年，一遍一遍讲给我，也就成了我的记忆，仿佛是我的亲眼所见、亲身经历。豆腐包子是外婆的拿手菜，但我只吃过妈妈做的外婆的豆腐包子，这种说法有些拗口。新鲜豆腐切厚块，再从中剖开，塞入调好味道的葱花肉馅，下锅炸至两面金黄，另起油锅，放入豆瓣炒香，加水煮沸，下豆腐包子渡之。川南民间有种烹饪方式叫"渡"，指的是把半成品食物放入沸腾的料汁中炖煮至汤汁浓稠。渡豆腐，渡茄子，渡鲫鱼，所有渡出来的食物经历了那场缓慢的熬煮之后都变得香气四溢滋味浓郁。当然，它们的味道也变得有几分相像，渡过的事物柔软且友好，前提是你不能着急动筷子。大量的热能聚集在豆腐包子内部，它的颜色却显得温和可人，我总是不长记性，每次都烫到嘴。外婆说过，冷粑热豆腐，豆腐就是要趁热吃，她小时候也经常被烫到。可见，我果真吃到了最正宗的外婆味道。

"姨婆夸过豆腐包子吗？"品尝着妈妈完美复刻的外婆菜，我又想起了那位吃饭挑剔的姨婆。

"她只夸过你外婆做的蒿蒿粑。"

蒿蒿粑属于青团的一种，蒿蒿其实就是鼠曲草。有很多长在春天的野菜都逃脱不了被做成粑粑的命运，人们为野菜取了五花八门的别名以示青睐，我更喜欢蒿蒿的另一个叫法：雀儿花。芳草独特的清香透出丝丝苦涩，与砂糖的甜掺和在一起，粘黏度稍显过分的糯米粉赋予青团灵魂，那便是——异常强大的韧性，就算只咬一小口，你也必须让手和牙齿拼尽全力去撕扯，并且在嘴里与之反复较量足够长的时间，才不至于难以下咽。它粘掉过我一颗乳牙，因此我并不觉得青团有多好吃，倒是对它极为麻烦的制作过程印象颇深。

首先，采集雀儿花就很困难。这种长在乡下的低矮小草行踪不定，去年这里有，明年又去了那里，毫无规律可循，漫山遍野转了大半天，收获却少得可怜。而制作青团用的雀儿花必须保证足够鲜嫩，花儿开过了茎叶长老了都不可取，往往要耗去两三个周末顶着大太阳四处搜罗，才能凑够蒸出一整屉青团的雀儿花。连花带叶洗净晾干再用石舂舂碎舂软，拳头大一团，渗出墨绿色的汁水。

　　妈妈就是外婆，外婆就是妈妈。她们的相似之处在于，总喜欢长时间待在厨房里鼓捣某个东西。只可惜基因在我们这一代发生了扭转，无论是我，还是不如我受外婆疼爱的另外几个表兄弟姐妹身上，都没有显露出热爱厨房的天性，我们不肯花大量的时间去慢腾腾地处理某种食材，且不论它的味道是好是坏。有时我突然想到这一点，心里涌起莫名的恐慌，赶紧跑到厨房里锅碗瓢盆查看一番，再想象一下炒菜做饭的场面。外婆做过的菜，妈妈接过来了，可我呢？身边的事物一样都没有少，却总感觉有什么东西弄丢了。

　　也许因为我也步入中年，迈过了姨婆为爱情离婚的年龄，童年记忆对我而言成为昏暗路灯之下的遥不可及。将近三十年没有吃到过妈妈亲手做的青团，没有再在春风里亲手抚摸雀儿花毛茸茸的外衣，只有它暗黄色的小花朵像扣子那样钉在衣服上裤子上，钉在我每天拽开又合拢的窗帘上，钉在拧不干的毛巾上，钉在我所拥有的所有柔软的织物上。回忆，在远离故土的他乡，变得越发频繁，越发滋味浓烈，其中掺杂的各种味道也越发复杂，终于，再也分辨不出藿香与雀儿花。

直到现在，每年春天妈妈还会习惯性地邀约好友去乡下采蒿，再回到家中把外婆当年的步骤重复一遍。有人的时候，妈妈会边操作边讲解，没有人的时候就自言自语，假装有个人在旁边。春得稀碎的雀儿花完全失去了茸毛的白和花朵的黄，只剩一团墨绿沉默着，被抛入盛有糯米粉的瓷盆。需要施以最莽撞的臂力和最灵巧的手腕，长时间地反复揉捏反复按压，才能将二者驯服，混合均匀，青绿色的面团来之不易，其间夹杂着胜利果实般的茎叶碎片。这是妈妈最心满意足的时刻，因为至此所有的困难都完成了。接下来搓长条，切小堆，再团成椭圆形，这些步骤简直成了妙趣横生的享受，妈妈带着欣喜惊叹连连，仪式感十足地将整理成形的青团挨个儿置入蒸屉，蒸屉散发着老竹子的味道，事先铺好的纱布温润慈祥。这便是青团之于妈妈的魅力，尚未蒸熟，她已如痴如醉。

青团终于出锅，妈妈反而失落了，哀叹着只有外婆做的才好吃，却再也吃不到那个味道了。而对于我来说，虽然并不怎么喜欢青团，却因只吃过妈妈做的，也变得无比怀念，很多时候，好不好吃根本不重要，真正怀念的是它的独一无二，制作它的那个人，逝去不回返的岁月，以及在岁月长河中慢慢积攒又慢慢磨灭的深情。

爸妈当年谈的是最时髦的异地恋，北疆与川南遥遥相隔三千公里，单边书信要走半个多月，见一面几乎要等一年，其间还经历过严酷的考验。一次意外事故，爸爸被岩石碎片击中，右眼重伤，在华西医院住了很长时间，医生建议尽快摘除眼球，否则可能危及生命。面对如此危难情形，我两位善良的姨妈不仅轮流到成都照顾妹妹的男朋友，更是发去加急电报命令妈妈要坚守爱情。实际上，无须姐姐们督促，我妈压根儿就没有想过放弃，她不停地写信，白天写，晚上写，诉尽鼓励、关切与思念，半个月后，爸爸每天都会收到一封情意绵绵的远方来信。最终，说不清是爱的魔力保住了眼球，还是万念俱灰之下偶遇的老中医救下了爸爸的命，总之，爸爸记得最清楚的是每封信里都有几朵沙枣花，喷香，他反复拈起花瓣放到受伤的眼睛前面，只能看到一团模糊的红，他明白那是血管的颜色，并非外面的世界。我再次对自己发出灵魂拷问，如果未婚夫面临失明的危险，需要挖掉眼球才能保命，我能继续坚守吗？老实说，我不能。是的，我差点儿拥有一位只剩一只眼睛的父亲，这就是妈妈的爱情。而我呢，绝对没有这份勇敢和坚定，让将来的孩子尚未出生便注定了某种悲剧的命运。

外婆喜欢藿香，绝非偶然。在我看来，藿香具备的那种独特、不讨好、颇具争议的味道恰似某种生活态度——我行我素，一身反骨。那时姨婆执意离婚，外婆并没有斥责和反对，只是把妹妹叫到里屋轻言细语问了几个问题，就算是默许了。要理解这一段故事，就必须交代更多的背景资料：外婆的弟弟，也就是我舅公，不肯接受家里安排当工人，十八岁便远走他乡，从广东到福建，从甘肃到青海，最后干脆把家安在了大西北，而另一位姨婆为一件芝麻小事跟曾祖母大吵一架，遂赌气嫁到了辽宁，多年来，兄弟姐妹遥隔数千里，想要见一面是难上加难。可见，执拗的个性并非公主姨婆的专属，外婆确实是怕了，人生苦短，想做什么就做什么吧，反正拦也是拦不住的。我猜，身为长姐的外婆就是这样想的。

夏日午后的清风掀开窗帘，将一团光亮掷进房间，我蓦然惊醒。那样的时刻我会想起外婆。外婆打着蒲扇驱赶蚊虫，安慰着深夜想家的周小姐，我抬起头，不听劝的眼泪就往耳朵里流，低垂的天幕星光璀璨，仿佛指甲油里的亮片，而姨婆还是一副怜爱他人又自我怜爱的俏模样，瘦瘦高高，清爽的碎花长裙左右摆动，笑嘻嘻地将我赶下秋千。

第三辑

珠在蚌中

我时常进行自我观察，那情形就像从我当中分离出另一个我——她横穿马路，一边佯装散步，一边试图用路人的、相对客观又带着陌生偏见的视角观察对面的我。我曾怀疑这属于某种强迫症，后来逐渐觉察到这样做的好处：能更为充分地认识自我，从诸多盲目与困惑中得以解释，甚至由此获取洞悉、理解他人内心的途径。对于发生在我身上的这种现象，这种不仅留意自己所做的事情本身，同时还审视事件所构成的事实，进一步觉察并分析自己的体验、感受与反应的心理活动，我专门查阅了资料，它的确符合心理学关于觉知与意识的描述——它是正常的，某些部分似乎还与瑜伽冥想的第四道有所关联——它是蕴含自然力量的。于是我记下若干碎片，一个时不时到马路对面散步的人，一些粗浅感悟，一些属于我自己从而也属于这个世界的奇奇怪怪的小东西。

吹风机幻听症

　　这是我自创的一种症状，虽然没有调查过，但肯定有人和我一样：用吹风机吹头发时会听到五花八门的天外来音，特别真实，当吹风机停止工作，那声音也就随之消失。我曾以为是孤独所致，尤其当一个人开始从孤独中体会到喜悦甚至是痛快时，幻听无疑会加重。多年前我到西安出差，为部队高考的化学试卷命题，在一所空军院校里封闭工作了四个月。招待所配备的吹风机噪声特别大，属于粗犷野兽派，每次打开都是碎南瓜乐队的摇滚，乐队成员浑身挂满铆钉，疯狂甩头，我那个时候正好也把长头发甩到前面，不顾一切地摇晃手臂，耳边热浪呼啸，重金属旋律击打在后脑勺。的确好玩，洗头成了令人期待的事，副作用是大晚上精神亢奋，容易失眠。失眠持续了半个月，我终于托人购来一个小吹风机，它的风声简直就是小清新，调门高，分贝适中，首次使用我就听到外婆在很远的地方唤我，慢悠悠，毫无时间概念地把我名字的尾音拖得又细又长，唱戏一般。老人家生前就是如此，永远不着急，今天和昨天一样，来回重复。那次我十分纠结，想快点儿吹干头发关掉机器，因为熟悉的声音让我怀念起故去的亲人，悲伤推挤着眼泪，独自出门在外，情绪脆弱无处凭依。另一方面又想多磨蹭一会儿，因为每次她都有些不同，我想知道外婆是不是在向我传递心事。

一个人的心事何其多，足以塞满整个星球。好在宇宙之大，星球无数，完全装得下，因此，当那些声音嗡嗡吵在耳边，尽管释放情绪与胸怀吧，热泪盈眶也好，愤怒激昂也罢，皆可算作奇妙人生体验，我对自己说。然而吹风机并非必需品，华北平原空气干燥，即使不吹，头发也干得很快。有次我心血来潮把头发剪成男式，只为洗完澡像落水狗上岸那样快速甩头，我想知道那样究竟能不能直接把头发甩干，实验了几回效果算不上惊艳，却意外发现疯狂摇晃脑袋引发的眩晕中竟有一丝微醺的甜蜜。那甜蜜把我带回到七岁的夏天，举一只冰棍儿走在太阳底下的大马路上。于是吹风机被我遗忘在某个角落，不静下心来找根本找不到，里面的声音也随之陷入长久的沉寂。生活就是这样的，少了一两件东西，又从别处增添了新乐趣，完全不妨碍太阳每天照常升起。

时至今日，剪短发的次数已无法统计，最勇猛的一回剃成了扎手的钢刷头，引来众多亲友围观，有人伸手试探，有人拍手称奇。头发剪得再短迟早都会再长起来，我之所以敢，完全是基于对这条自然规律的信赖。果不其然，头发日夜兼程噌噌长，坚守着祖传基因，展示着傲人的发量。姑姑每次见到我，总要端出几分显摆家族荣耀的架势，反复赞叹头发的乌黑浓密，绝口不提这偏粗偏硬的发质对女孩儿来说多少莽撞了些。

关于吹风机幻听症，多年来我一直认为是孤独所致，后来发现，应该是源于心事太重。一个人，微小而平凡，独自行走天地间，能承受多少心事呢，总要找个出口，觅得消解途径。对我来说，或许吹风机就是那个出口，那个让我体察到更多自我世界的所在。当纠结与思虑郁积成山，脑袋里难免嗡嗡乱作，恰好与吹风机的嗡嗡同频，于是共振产生，两个世界得以联结，潜意识便借助各种声音流淌而出。大概是这样的原理吧，我猜。

有一回火车坐过站，几个小时心绪跌宕起伏，引发了最严重的一次幻听。凌晨一点半，我终于洗漱完毕，神情涣散地从卫生间走出来，姑姑手持吹风机，看样子已静候多时。从小到大，姑姑始终保留着为我吹头发的习惯，虽然我们住在一起的时间少之又少，可在那些屈指可数的陪伴里，她为我吹干头发，一次都没有落下过。一缕一缕整理发丝，从上到下循环往复，在吹风机制造的噪声风暴中，她细数我的童年趣事，我一句也听不清楚，因为吹风机里还有其他声音，难以分辨，我只能低着头，继续聆听，继续领受姑姑爱的方式：手指被头发牵扯，轻轻将脑袋拽来拽去。

我裹着姑姑给我准备的厚浴袍，侧身坐在沙发上。开关启动了，凄厉的哭喊顷刻而至，仿佛遭遇了天塌下来的大事，其中又横亘着一首悲壮的战歌，敌军万马奔腾万箭齐发，紧急关头我方却一个人都没有，许多急切的呼喊从不同方向传来，有妈妈、陌生人、和我闹过矛盾的小学同学，还有一个企图拿死蛇吓唬我的家伙，然后我听到了清晰的狗叫声，我赶紧让姑姑关掉吹风机，心口惶恐不已。姑姑停下来，愣了三秒钟，以家长的笃定和权威重新启动开关，像解释又像自言自语："还没干透呢，还早呢，啧啧啧，头发真多，和你爸一样，你小姑头发也多，因为你奶奶头发多，我也头发多……"她无限地说着，每句话都被框进相同的节奏，配合着从天而降的鼓点，混在隆隆轰鸣中，混在吹风机喷出的阵阵热风中。终于，由于热风在某个地方停留过久，灼热高温带来的刺痛将我从绵密心事中抽离，我条件反射地缩了缩脖子，姑姑赶紧关掉吹风机，那些声音总算消失了。

珠 在 蚌 中

我喜欢手工，用橡皮泥、树叶、废笔筒、饮料瓶子做出各种小玩意儿。我还会修收音机，五六岁时，有一天我独自在家，不小心把收音机碰到地上，跌得七零八落，我愣是小心翼翼装了回去，还不忘转转旋钮试声音——没有，于是又拆开找原因，发现电路板上有两根线断开了，慌乱中我想到用电烙铁将它们焊接起来，印象中爸爸就是那样做的（我爸是个半导体爱好者），是的，我斗胆做了尝试，并且获得了成功，以至于爸爸回来后根本不相信收音机被弄坏过。这件事令我大为振奋，让我感到不管什么只要看过了就会做，带着这种信念，我开始制作更多更为复杂的东西，大多都能自己琢磨着做出来。

唯独有一回比较曲折。90年代初期流行过一种用彩带编织的装饰品，顶部有个圆盘，错落有致地垂下一连串风铃，彩带类似硬塑纸质地，闪着珍珠光泽，转动起来如梦似幻，深得我心。几乎每家礼品店都将它挂在最显眼的位置，我知道那不是批量生产，而是出自手工制作。一放学我就跑到礼品店去观察、去偷师，老板娘坐在柜台后面手里正编着风铃，却不肯教我——要么买彩带，要么十倍价格买风铃。我买下了彩带，一方面出于自信，另一方面零花钱确实也不足以买风铃。半个多月的时间，我每天如痴如醉地捣鼓那些彩带，却总不得其法，它难住了我，越发让我感叹它的神秘和高不可攀，也激发我尝试更为不可思议的途径。妈妈见我显出些魔怔，就提议干脆买一个成品回来，我坚决不同意，与自己的粗笨僵持着。有天半夜，我突然被摇醒，妈妈急切又欣喜地唤我，快来看！原来电视台正在播放风铃编织教程，我立马醒了盹儿，跑去屏幕前不敢眨眼，生命中头一回体验到紧张带来的呼吸紧迫。三分钟之后谜底揭开，其实就是一个组合穿插，基本单位都一样。风铃很快就做出来了，没想到，曾让我着迷甚至崇拜的东西居然如此简单，心中涌起许多失落。妈妈却来了兴致，买回一大堆彩带，要我给姨妈编一个，给姑姑编一个，给她的好朋友也编一个。

其实在知道做法那一刻我就有些意兴索然，编完那堆风铃，更是不想再碰，看都懒得看。实际上我这种行为叫作三分钟热情，在我小学阶段就被我爸鉴定完毕。不得不承认，他老人家概括得十分精准，我的确是一上来热情似火，劲头过去之后就任其落灰。后来我自己分析了一下，从褒义的眼光看，是挑战精神在作祟，想要证明自己，在这种心理的促使下，不断尝试各种领域，一旦成功或者勉强成型，目的也就达到了。另外，更重要的一点是热情。三分钟热情也是热情，时常涌起热情的人生是不可能糟糕到哪里去的。多年来，我今天这样明天那样——培育多肉新品种、雕刻玉器、设计裁剪衣裳、挑战各式南北料理，乏味的生活平添了许多折腾与麻烦，终于酿成一种由内而外的、可操作性强的、具备孤独抗体的幸福感。

前段时间我看直播买了一堆珍珠首饰，童童见我喜欢，就约我周末去开蚌。在空间局促的私人作坊里，我们从池子里挑蚌，然后亲手打开，寻找暗藏其中的宝贝，大小多少全凭运气，颇具盲盒趣味，还可以根据自己的喜好把珍珠做成各种饰品。这种惊异刺激的体验无疑又开启了新世界大门，我火速从网上订购了几十只陈年老蚌，然后度日如年地每天查看物流信息。

终于，一个死沉死沉的巨大泡沫箱子降临了。我将它拽进洗澡间，手握生活的菜刀，胸怀超凡脱俗的珠光宝气，一刀下去，打开了第一只。冰凉绵软的蚌肉卧在掌心，手指反复探寻，没错，每个触觉突兀的所在就是一颗珍珠，每一颗珍珠落进瓷盘的清脆声响都令我犹如聆听天籁。说实话，开蚌这个事，玩一两个是乐趣，接连几十个就成了体力活儿。因为目标是珍珠耳环珍珠手链的星辰大海，开蚌只是万里长征第一步，于是我忍着浓烈的腥臭埋头苦干了将近两个小时，当形态各异的珠子装满盘子，大脑里的多巴胺早已经分泌殆尽。接下来要对每颗珠子进行手工抛光，不得不说这才是真正的大工程。先用粗砂条去除灰蒙蒙的角质层，再以细砂条打磨出亮度，最后麂皮登场完成抛光大业。

每天晚上我独自坐在灯下，磨那些珍珠到深夜。老崔十分不理解，讽刺道："你这是在加班吗？"我懒得理会他，手里的活路继续，直到指头抽筋浑身僵硬了才肯去躺会儿，心里还焦急地思索如何提高效率，照这速度不知猴年马月才能完成几百颗的任务量。毕竟我还买了专门给珍珠打孔的机器，还有各种金银配件，心里期待着第一件成品的诞生。

而我最想说的是无人打扰的夜里独自打磨珍珠的感受。屋里弥漫着淡淡的腥味，混合着沙沙不止的摩擦声，我与那些珍珠便以这样的方式对话。它们大多数都不是正圆，有的奇形怪状得厉害，而且光泽度也极其有限，即便我用力挫它磨它，软硬兼施下依旧黯淡，无法闪耀光华。当然，有一些很亮，是佼佼者，台灯下眩光四射，我仔细观察过，在有限的珠层里，越往下磨，光彩越奇幻，宛若来自宇宙深处，焕发着无尽的神秘与伟大，但越往下磨就越需要承担一种风险，那就是抵近珠核的真相——一粒小石子，对于人工养殖的蚌珠来说只是一颗塑料小球。

当异物进入蚌体，蚌无法将它排出，便分泌碳酸钙与珍珠母将它层层包覆，这种分泌每天三次，每次增加零点五微米的厚度，累计千日以上才能形成一颗小珍珠。我想，几百颗珍珠，每一颗都来之不易，每一颗都不容忽视。不管它是圆的还是怪的，不管它有没有瑕疵，不管是优美的弧度还是生涩的突触，我都尽全力打磨。这种打磨让我睡眠不足，头疼欲裂，坚持了一个月之后，我感到自己余生都要用来开蚌磨珍珠了，因为我实在想不到还有哪件事能像它那样既具体又抽象，既魔幻又现实。

　　我想，这就是人生，这就是我作为手工大师一生的终点站。但是，命运总是胡乱安排，我必须火速带着小黑子从华北平原迁徙至南方海岛，出发前千头万绪，该带不该带的都被我塞进了行李箱。总算顺利抵达，即将开启的新生活一副百废待兴的模样，我这浑身解数又有了用武之地。一通瞎忙过后老崔打来电话表示关心："晚上不磨会儿珍珠睡得着吗？你那套玩珍珠的工具忘带了。"我说顾不上，最近研究煎饼馃子，前几天在网上订了鏊子、竹蜻蜓还有麻绳刮板，等收到之后小黑子就能在家里吃到煎饼馃子了。

信 个 鬼

人在小时候都是相信鬼的，这并非从理论上获得了某种合理性，或者屈服于某人的威逼恐吓。一个人在小时候相信鬼是因为他的认知里还不存在界限和偏执，他相信一切正如他怀疑一切，他看见一切正如他什么也没看见，是基于生命本能的探索乐趣。而所谓的鬼，定义十分宽泛，几乎包括所有能带来精神振动的东西。小时候我们经常大喊：有鬼！譬如走到楼梯拐角处，潮湿发霉的陌生气息让我们兴奋，那种阴暗之地肯定藏着一只无聊鬼，专等人经过时不留意，突然跳出来吓唬他，看到惊慌失措的嘴巴和眼睛，鬼就很开心，然后心满意足地藏回去等下一个。这种无聊鬼到处都有，靠摄取人类惊吓的表情而活着。再譬如，有天去学校发现作业本没有带，昨天晚上明明放在书包里了，这种情况就是遇到捣蛋鬼了。它会偷偷把你的作业本抽出来撕成碎片撒到池塘里，或者用橡皮擦把写完的作业全部擦掉，让老师当着全班同学批评你不完成作业还撒谎。几乎每个小孩儿都碰到过无数次捣蛋鬼，因为小孩儿很多，捣蛋鬼的数量也不得不努力增多，才能保证每天都有小孩儿因为作业问题罚站或者被请出教室。捣蛋鬼特别坏，但它们热爱知识，所有被它们毁掉的作业实际上都装进了它们的脑袋。除此之外，还有教人莫名其妙栽跟头的倒霉鬼，引诱人迷路的迷宫鬼，让人大笑不止或者大哭不止的笑鬼或哭鬼。要应付的鬼实在是太多了，所以人们小时候每天总是忙个不停。

当然，大人的世界里也有鬼，受成年人的狭隘和偏见的影响，他们的鬼数量少且品种单一，往往代表厄运或者无能为力。大人下班回到家，气急败坏地叹道，今天真是撞了鬼了！小孩儿不知道此鬼非彼鬼，以为家长遇到了什么有趣的事，笑嘻嘻地凑上去缠着要买雪糕买棒棒糖，结果横遭一顿胖揍，这个时候小孩儿就不是小孩儿，成了个十足的倒霉鬼。这种揍多挨几顿之后，小孩儿就会长大，不再相信鬼，言必称：我信你个鬼！可见，无鬼的世界多么可怕。

因此，我宁愿待在小时候，待在那个将鬼作为看待自己看待他人以及看待世界的方式的阶段，待在我们已经意识到每件事情都有个缘由在等着它，但掌握的知识和词汇还太过有限的时代。一切都显得妙趣横生。有一次，我组织单元楼里的小孩儿去探险，我们制作了旗帜，要给队伍起个名字。它应该叫什么什么探险队，由两个重复的字组成，比如泡泡、勇勇或者花花，试了很多方案都不满意，但队伍急着出发，我就在旗子上书：（　）（　）探险队，提议边探险边想名字。我们的（　）（　）探险队一路欢歌笑语，每每提及自己所处的这支队伍时，会在括号部分做出有力的停顿——紧闭嘴唇，心里敲鼓似的猛捶两下，给予一种通过威慑自己从而达到威慑他人的效果。（）（）探险队沿途经历各种状况，遭遇各种鬼，而我们只是在离居民楼不到一百米的地方打转转。我觉得既然探险就得走远一些，至少要有个山洞或者蚂蚁窝什么的。那个时候风来了，旗帜脱离了木棍，飞到半空中，小伙伴们便使劲跳使劲追，探险的感觉更加强烈了。有人大喊，声波鬼！声波鬼！于是其他小孩儿也跟着狂喊。我第一次听说"声波鬼"这种鬼，边喊边想它柔软透明的身体随意地飞行，旗帜被它抓在手里的那股得意劲儿，突然有些嫉妒，想想也对，做鬼总是胜人一筹，它的出现也总是令人发疯，令人崇拜。这种声波鬼借助风的力量来去自由，并且还很友好，玩够了它把旗帜放回地面，甚至帮我们把名字也起好了。

快看，声波鬼写的字！（）（）探险队的括号里出现了两个歪歪扭扭的字，每个人都仔细辨认一番，之后摇摇头。旗帜最后又回到我手里，我的心狂跳起来。显然，我认识那两个字，它们在我脑子里疯狂地叫喊，引诱我，恐吓我，要我把它们的音节读出来。但我并没有，它们的声音越大，我就越沉默。

草莓的滋味

在我特别想拥有的各种神奇物品中，草莓裙子其实已经被遗忘了很多年。一条收腰大摆裙，遍布草莓枝蔓，每过几个时辰就会结出真实的香甜美味的果子，摘不尽，吃不完。那是在一本童年时期为数不多的全彩连环画里看到的，放到现在叫作绘本。

早些年带图画的儿童书基本上分两种，一种是普通书籍大小，通篇文字间或插入七八页不等的彩图。另一种是小本连环画，通常封面是彩印，正文则黑白图画下方配文字。全彩的少之又少。我在书店里一看到那些印刷得格外精美的封面，心中就会默念：里面也是彩色的，里面也是彩色的。却每每失望。

当我还是一个小女孩儿的时候，希望一本书能够做到内外兼修，表里如一，书中每一页都用最好的纸张、最细腻的绘图、最丰富的色彩。不知道这算不算怪癖，因为无法一见钟情，我拒绝阅读，从而错失了许多好书。刚拿到《草莓姑娘》时，我并没有抱太大希望。姑姑回川探亲，给我带来连衣裙、流行音乐磁带、自动文具盒，还有一本书。它的封面堪称美轮美奂，夜幕、星光、林间小道、小姑娘、长头发、红皮鞋，还有那些摇曳在裙摆上的草莓。经验告诉我，越是这样华丽的封面，里面越不可能有彩色。这种悲观情绪使得我打开书之后内心涌起了加倍的狂喜。

我把它放在枕头边很长时间，每天不知道要翻开多少遍，彩色油墨那种有别于黑墨的高贵香味陪伴我入睡。草莓姑娘裙子上的草莓是有生长周期的，但也能保证每天结出新草莓，可她总是帮助别人，或者被人欺骗（童年时期我认为被欺骗也是帮助他人的一种方式），自己一颗草莓都没尝过。所以，从某种程度上来说，这是一个悲伤的故事，我却无比雀跃地沉浸在每一幅色彩斑斓的画面里，抛开内容不说，单是翻动那些厚实的质感十足的纸张，已足够幸福。

不久，妈妈又送了我一整套连环画。怎么说呢，首先，它比普通连环画（就是俗称的小人儿书）大一倍都不止；其次，它的香味是有史以来我闻到过最沁人心脾的，抱在胸前，闭上眼睛就可以享受到书籍给予的幸福感；最后再说印刷，翻开高级感十足的彩色封面，哇，里面居然也是，不过这种惊喜只持续十页左右——全套共八本，每一本前三分之一的部分是彩印。综合评分，这套书与草莓姑娘确实难分伯仲，我很难因它并非全彩而贬低其地位，同时又为不再钟爱《草莓姑娘》的香味深感内疚。

讲到这里，令我从此远离连环画的事件很快就要发生了。

因为暑假正在临近，某个盛夏的午后正在临近。小伙伴来敲门，叫我去对面楼找另一个朋友玩，我鬼使神差带了本书，出发了。《阿里巴巴与四十大盗》，那套连环画的最后一本，我始终留着没有翻开过，因为珍爱所以舍不得看完一整套，这是属于小女孩儿的奇奇怪怪之一种。对面楼的朋友我们并不太熟悉，我把书放在小茶几上，看她穿着拖鞋一边啃苹果一边向我们展示残缺的塑料项链、公主皇冠，还有一些其他收藏，我们礼貌而克制地表达了欣赏和惊叹：局部镶嵌的确颇具宫廷风味，残破处疑似狗咬或者人为。从内心来讲，我不喜欢她，尤其是她啪一声把吃剩的苹果拍到我的书上。我们走之前，她拿起书朝我扬了扬，我以为是提醒我别忘了，结果她说这本书借她看两天。我们几乎是被她推出屋外的，门砰一声关上了。

很多年之后，在我早已远离童年、少女甚至开始一步步远离青年时代的某一天，在我为某首诗的分行愁眉不展的一个傍晚，猛然想起的不是那本再也没有回到我手里的《阿里巴巴与四十大盗》，而是令人心有余悸的"啪"和"砰"。借由记忆深处储藏的声音，我想起了我和小伙伴站在门外面面相觑，而身后那扇门再怎么敲也敲不开了。我们悻悻回到自己楼下，两个人无精打采道了再见。我走进房间，从枕头底下抽出《草莓姑娘》，填进那套连环画空缺的部分，然后将它们塞到了我再也不想触碰的地方。因为被抢走一本连环画，我难过到不肯再碰任何一本连环画。从此之后我改了毛病，不管有没有插图有没有彩色，什么书都能读进去了。或许这是件好事，又或许不是。

如果不是那个偶然的写不出诗的傍晚，我便全然忘却了曾经为之痴迷的、曾经深信不疑的：未来无穷大，所有现在实现不了的以后都能实现。在草莓裙子这件事上，小小的我是这样安慰自己的：总有一天。是的，我曾日思夜想，渴望拥有草莓姑娘的连衣裙。而现在，我连它长什么样子都想不起来了，又何谈拥有？

像燕子那样轻盈灵巧地降落，自动穿在身上，可以一直旋转，不会头晕，四周充满了香甜气息。打卷的头发披散在肩头，一边走一边咀嚼新鲜柠檬片（那个时候家里总在初夏糖渍柠檬片，盛夏时节永远弥散着发酵的味道，我尝不到新鲜的，因此这个念头也被我植入想象中）。穿着那样的裙子走在路上，行人礼貌又赞叹地回头观望，无论打招呼还是提问，我都保持沉默，像失语者只在心中回应。穿着那样的裙子走在路上，没有任何烦恼，关于小女孩儿纠结的在意的忧伤的一切全都莫名化解了。

我从未考虑过如何吃掉那些草莓，和草莓姑娘一样，自始至终我都没有尝到滋味。

每个人的家乡河

　　童年时期如果没有河流的陪伴，一个人是很难长大的。河水流淌，带动时间流淌，为我们呈现过去的旧、未来的新，河水流淌也带动了空间的游移，山洪暴发、轮船运输，让我们看到各地风物，嗅到远处和更远处的情感与气息。更重要的是，河水乃溪流之汇聚，属自然力量的自然凝结，人们受到感染，也不由自主地抱团，向河水靠拢，在河岸附近生活、嬉戏。这些，都是促使一个人顺利长大的关键。很庆幸，我从小生活在四川，那里气候潮湿，水系庞杂，江河遍布，同时又很不巧，属于我们小城的那条河只是将地图疯狂放大方可显现的毫不起眼的存在。而且在我的记忆中，它流得实在太慢了，根本带动不了什么。尤其是去乐山大佛见识了岷江，又到重庆朝天门看过长江、嘉陵江两江交汇之后，回去再看，它恨不得已经停滞了。爸爸说，河当然要比江慢一些，河边的人脾气也更温和。我不以为然，脾气温和有什么用！我坚信有流得很快的河，比什么江都快，我在脑子里想象了一下，带着赌气使劲给它加速，让它像火车、像瀑布、像离弦的箭，但最后又不得不请它慢下来，因为河水太快了并不好，让人感到累、感到窒息、感到恐怖，即便它只是在脑子里假装流淌。小小的我为河水的流速操碎了心。当我回到小城，来到那条叫清溪河的河水面前，还是忍不住叹息：你呀，怎么就这么小这么慢。

虽然叫清溪河，但我没有领略过它的清澈见底。有一次，几个小伙伴在岸边玩耍，跑得满头大汗，我提议用河水洗洗手洗洗脸，于是率先俯下身去，掬起一捧——那条河远看是泛着碧绿的，像一块昂贵的玉石，我曾经略显心虚地向远道而来的朋友介绍：看！这是我们的河，很绿很美，对不对？朋友却毫不客气地指出这个绿恐怕不太健康——是的，河水营养过度滋生了大量水藻，手心里的小水洼星星点点，漂荡着各种说不清的悬浊物。我心一横，把它们糊到脸上，凉悠悠的很舒服，哗哗作响的水声也悦耳，就是土腥味太重。其他小伙伴也照做了，十分熟练的样子，仿佛我们经常这样做。洗完之后每个人都臭烘烘的，我们继续玩，再次跑出满头大汗，汗水以比河水快得多的速度肆意流淌，遍布全身，没有人再提出用河水洗脸。天黑了，我们各自回家去。我由此得了个结论，人与河水应该保持距离。臭烘烘的气味在鼻腔里弥留了一段时间，教给我警惕心，提醒我远离某些事物的必要性。当然，那只是人生哲理的粗浅尝试，也并不刻意指代河水。

有人从山中来，牵着马匹在县城里转了一圈，很快选好了驻扎地。他在清溪河右畔搭了个茅屋，马儿拴在河边的黄桷树下，岸边长且直的水泥地顺理成章成了马场。包括用河水洗过脸的所有小孩儿都去了，白马来回走一圈要五块，褐色的马据说是汗血宝马的远亲，要贵一块。马儿一边踱步一边从容地拉出粪便，加上动物本身的体味，混合成一股陌生而颇具神秘色彩的气息。当我们被那种复杂味道包裹，就已经骑在马背上了，马儿稍微跑动起来，足以从河面上掀起一阵风，掀起我们熟悉的臭烘烘。我们在空气中颠簸，马的气味与河水的气味混在一起，竟然成了青草的味道、甘蔗的味道，变得清甜好闻了。每个骑马的人都不禁闭着眼睛，大口呼吸。这种魔力强大且不容置疑，牵马人的口袋胀得鼓鼓囊囊，越来越多的大人小孩儿都来河边排队，没有骑过的耐心等，骑过了还想再骑的耐心就要差一些，但也没关系，马儿四蹄并用，一圈一圈快得很。而我们这些骑过了暂时不想再骑的就爬到城楼上，俯视河边的一切，顺便替牵马人担忧，要是刮起大风来，他的钞票保不齐飞得满天都是。

所以，总会有这样那样的缘由让河边聚满了人，热闹不已，即便是清溪河这样普通的让我们的热爱多少显得用力过猛的河亦如此。河从城里过，河上自然会架几座桥，过人的，过车的，既过人又过车的，名字也简单，根据上下游位置称作上桥、中桥、下桥。从我记事起，河边就有座公园叫滨河公园，这也很普通，几乎所有大城小镇都会把公园建在水边。值得专门一提的是公园所处的河段修了一座索桥，没有用从河底升起的石礅作为支撑，只依据钢绳飞架于清溪河两岸，像一个大型秋千。当一座桥变得令每个走上它的人都不为过河，只为享受摇晃感的时候，这座桥的存在也就显出几分魔幻色彩了。调皮且不要命的大人小孩儿集结成两个分队，各自霸占一端，使出吃奶力气制造震荡，他们当然不懂得物理学以及桥毁人亡的概率统计，但他们演绎出了最莫名其妙的欢乐和违背自然规律的体力极限。索桥在河面上痛苦地扭动，它大概在思索，桥的命运果真由河流决定吗？而我的思索是，有没有一条河仅仅是为了配合桥的存在而存在呢？

说来遗憾，还没有找到答案我就长大了，离开小城去外地求学了。大学里有一天碰到另一个学院的教授，他问我的家乡在哪里。我说出了一个县城的名字，他摇摇头，又问属于哪个市。我回答后他总算点了点头，表示知道，那个地方他去过，山区，很落后。听到这样的描述，我有些惊讶也有些恼怒。印象中，周围的人都过得逍遥快活，男人们乐于尝试新鲜事物，常常往返省城，带回电视广告里的组合音响和移动电话，女人们把额前的刘海儿吹成波浪高高撅起，穿着有肩垫的套裙，水果洗得干干净净放在盘子里。我们县城所处的丘陵地带是全世界最大的穹隆地貌，拥有独一无二的仙境奇观，这样的地方怎么可以用带有鄙夷意味的"山区"和"落后"来形容！不到二十岁的我心里这样反驳着，却不敢当面说出来。等我再长大了一些，有更多机会向别人提起我的家乡时，他们当中的大部分仍然表示没听说过。这渐渐让我有了一种使命感，我必须一次比一次更为清楚地告诉大家，我来自四川省内江市威远县，以前没听说过没关系，从现在开始，你就听说了。

一个人总是希望从某种程度上被认可的，这当中多少包含着对自己家乡被认可的期待。我也一样，即使作为微小存在的我并不能为提高家乡知名度起到一丁点儿肉眼可见的效果，却仍然怀着饱满的热情说出它的名字，甚至说出它的河。我给生活在华北平原上的朋友介绍它叫清溪河，给来自海边喝惯了蛤蜊汤的朋友描述它不到五十米的宽度，给同样来自四川却位居宜宾常年目睹三江交汇盛景的朋友解释它为什么那么慢、那么不起眼。它也属于长江支流吗？宜宾朋友大佬般发问。当然。我不卑不亢地回答。它属于沱江支流，经由沱江汇入长江，最终也流进了大海，我保证。是的，我信誓旦旦地替家乡的河做下了这个保证，同时在脑子里模拟了一遍它的路线，这一回它流得不怎么快，顶多比实际速度快那么一点点。

这样的想象也让我感到心满意足，的确，河水适合慢一些，脾气温和一些也没有坏处。无论怎样，它终归是一条河，真实存在着，让我的成长过程有所凭依，让我的回忆有根有据。它终归是一条河，一想到这里我就变得欢快起来，它的源头在山上，它的上游是一些奔腾的小溪。

我有一朵云

有天半夜醒来，身体轻飘飘，悬在高处，被一只藤蔓般的巨手包裹，并且四处漏风。我由此判断自己尚未完全清醒，身体与意识还有一部分滞留于梦中。这是梦境与现实之间的临界状态，我努力维护着它脆弱的平衡，尽可能多地记下些细节。

这是件重要的事情。

我早就想写一写那朵云了，想了很久，不知道从哪里下手。而现在，我正倚靠着它，享受着与云朵的近距离接触。它的绵软源自内部密集分布的颗粒状物质，其中定然蕴含着庞大繁复的运行体系，一种本质的零与无限在流转中产生着，绵绵无尽，且变幻不止。是不是只有云，能够通过不停的改变自我否定，又通过自我否定推陈出新？而云朵外部，作为载体的善于轮廓塑造的部分，展现立体几何与解析几何穷尽智慧也难以企及的完美。我就在云的颗粒和塑造中跌宕起伏，直到周围的流动慢慢凝固，手臂终于垂落，触碰到木质床沿，眼睛睁开，看清天花板与墙壁之间的界线。

我从床上爬了起来。

凌晨三点是个相对陌生的时间段，人们大都处于睡眠状态或者与失眠抗争状态，很少想到出去散步，顺便看看天。而我偏偏动了这个念头，披散着头发下了楼。

树影沉郁，微风轻拂。大海在几公里之外翻卷。天空半透明。稍稍抬头，我就又看到了那朵云。它刚刚得以从我的梦中脱离，侧着身子，通过二楼半开的小窗户游出来，慢吞吞地，似乎并不着急，也可能是梦里沾惹了人类愁思，步子稍显沉重。我伸直胳膊试了试，要是跳高运动员，自己把自己弹起来，应该还能触摸到它的尾巴，但我不是。我没再理它，故意选择了和它相反的方向。天幕呈现出灰紫色，星星发红，湿冷空气把天地万物都变成了类似呼吸的东西：起伏、顽固、漫不经心。我兀自朝前走，不打算碰到任何人，这种心情令人畅快，但又难免感到孤独。我偷偷留意着，看那朵云有没有掉头跟上来。

这是个宁静的小镇。我走的地方不多，但恰好来到小镇，然后我邂逅了一朵云，并且深深为之吸引。事情就是这样，没怎么思考我就做了决定，就是这里了，以后就像个本地人那样去生活。我在路边买芭蕉，摊子后面的女人睞我一眼，道：×××。我没听懂，但假装听懂，抓起一把递过去，她拿到平板秤上比画了一下，说：×××。我还是听不懂，继续装懂，用微信扫码支付了十块钱。女人看了看我，替我把芭蕉装进口袋，然后往里塞杧果。我把那堆东西搬回家，差不多摆满了整个茶几，十块钱，简直梦幻。后来我又试过十块钱得五种蔬菜，十块钱换一堆鱼虾，十块钱从村东头一路颠簸到镇农贸市场，椰子水管够。

我渐渐明白，在这座热带岛屿的僻静小镇，由于大自然的馈赠太过慷慨，人们无心在买卖上计较，乃至无心计较任何事物。这符合我对人间的期待，也完美契合了我自由散漫的天性。很快，我就像本地人一样趿着凉拖鞋走路，毫无思想压力地头不梳脸不洗，戴一顶破草帽出门。

当我无所事事走在落满野橄榄的乡间小道，拖鞋呱嗒作响，指间夹着半支香烟，有时会突然惊诧，曾经对自己有过各式各样的人生规划，可无论如何也没料到竟是眼下情形，与曾经严肃紧张的军旅生涯简直相去万里。这种强烈对比，这般令人讶异的体验，毫无疑问，是我人生所拥有的一种重要意义。

和云相识是个意外，也是命中注定。也许，受世事困扰的人，都需要一个足够飘逸的朋友。刚到小镇不久，有一天下午我坐在海边，脑子里还惦记着远方的烦恼，不由得悲叹自己的狭隘与无助。结果，一件事情牵扯出关联的另一些，而另一些又引发了另另一些，越想越多，直到眼前的大海突然竖立起来，毫不费力地将一切淹没。

下意识地，我像溺水者为鼻孔争取空气那样抬起脑袋，就在那个时候，一片浓密的云海映入眼帘。很明显，它们在开会，议题是什么时候降雨，降多少，降到哪片区域。气氛并不轻松，主持者张着狮子大嘴咆哮着，旁边的秘书忽圆忽扁地忙着做笔记，那些小鸡、小狗、鸭子、棉毛衫、不对称花瓶以及史前恐龙就在四周挤来挤去，意见非常不统一。

天色向晚，会议还没有结束，我扭了扭发酸的脖子，犹豫着要不要离开。事实上，在漫长的争执中，我加入了恐龙代表团，始终在为海边那一小片椰林争取份额。其实我有自己的小算盘，要是林中落雨，雨再落大点儿，暴雨配狂风，多半能打下来几只熟椰子，那么我就要顺手牵羊。

最后，我没有提前离开，我的算计也没能得逞，还被淋成了落汤鸡。

雨下在了距离海边三公里的丘陵地带，那片吵吵嚷嚷的云海瞬间泛出青灰色，并且迅速往东南方向移动。失望之际，我突然发现霸王龙脱离了大部队。当时它还保持着张牙舞爪的战斗状态，我心里又燃起了一线希望，难不成它有另一番策划，云朵们会接二连三掉转航线前往椰林？山那边已经下起雨了，而霸王龙只是原地转了两圈，灰头土脸地往北边撤退。恼怒的我一跺脚，气冲冲快步往家走。

路过椰林，我心有不甘拐进去转了一圈，沙地上空空如也，偶尔有些滋溜滋溜的小动静，不是沙蟹就是蜥蜴。雨点就在这时候落在了我的肩头。我抬眼一看，霸王龙收敛爪牙，凸着憨憨的长嘴巴和背部盔甲，用很舒服的姿势趴着，在我头顶上方大约一米的位置。我揉了揉眼睛，怀疑自己看错了，因为我有严重的夜盲症，光线暗淡的地方无法正确判断方位和距离。

黄昏已接近尾声，我想我应该趁最后的光亮赶紧回家，于是加快了脚步。远处的山地隐入迷蒙夜色，还有没有在下雨已不得而知，能够确定的，是我头顶的雨一直在下。霸王龙一路跟着我，躯体渐渐消减，边边角角的支棱和凸起都没了，只剩一个大肚皮。我停下来看它，它也立马停住，我迈步走，它便继续往前游移。那个时候浑身湿透的我终于意识到，不管我夜盲有多严重，这朵云也是客观存在的，并且专门为我量身定做了一场雨。在它快要下完的时候，在我看上去应该像个头顶棉花糖的流浪汉的时候，它用嘶哑的喉咙对我说了第一句话：喂，是我没错。

我们就这样认识了。从远在天边到近在咫尺，直至它全盘化为雨水，扎扎实实浇透我全身。回到家，我把身上的雨水拧出来，装了大半盆。那天晚上我的耳边一直重复着那句：喂，是我没错。倍感亲切的话语令人陶醉，我都躺到床上了又爬起来，跑去阳台检查那个不锈钢盆。盆子里空空如也，看样子它已恢复原形。

从此之后，那朵云便一直跟着我，我去何处它就去何处。我明白，这朵云已经和我建立了某种牢固的关联，尽管它的模样变幻不定，在我头顶上方游来荡去。

在这个宁静的小镇，一走出家门，我的注意力就会被它带走。走路跑步还好，开车就会出现危险，因为看云，我经常猛转方向盘又紧急刹车。云有时高一些，把天空托在背上，打着邈远的招呼，有时又压得很低，充满着诱惑，向我展示那纤毫毕现的真实感，还有它自由形变的能力和绵密充盈的质地。

很多次，我故意选择了与它相反的方向走，心里充满忐忑和不舍，生怕它也在和我赌气，或者当真跟丢了，再无法重逢。但我命令自己必须这样做，像是屡屡设下考验，只为确定它是否心甘情愿始终跟随我。宛如爱情。这一点至关重要，所以考验会继续下去。

如果对一朵云萌生出恋爱的感觉，那么这个人一定是疯了，于是我尽量让自己显得平静，看上去一切正常。有时候我想，关于我有一朵云的事，实在是有些难以启齿。一个人得孤独到什么程度，不向亲友倾诉，不寄情于诸多可爱的小动物，却跑去结识天边的一朵云，然后恋人般赌气、猜疑、求陪伴。

其实我更喜欢看着它发呆，看它随我的心情慢慢变换形状；而它善于洞察我心中所想，却总和我保持着恰当的距离。我感觉到其中的刻意，因为它完全明了我所期待的：要它降落下来，让我摸一摸。这种无法达成的执念令我更为长久地盯着它，令我想起鄙视过的那些望着天空发呆的人，我曾认为他们浪费时间、故作姿态。云告诉我，他们不傻，和我一样，他们也想找到某种属于自己的所在，事情就是这样，有时得来容易，有时却比登天还难。登天难吗？我斜眼看向悬浮在半空中的家伙。一旦触及它最擅长的领域，它反而沉默了，急得地面上的我直跺脚。

爱上一朵云跟爱一个人其实差不了多少，症结都落在了如何保持距离这个问题上，处理不好和云的关系，往往也不懂得如何世俗地与他人相处。年少时我想要完全沉浸到对方的世界中，不能有任何秘密，不能有上锁的抽屉，然而当真进入那个中意的好奇的世界内部，以为能发掘出珍宝或者弥天大谎，却只是像云那样虚无缥缈，一切都化为无法抓握的流体，你毫不费劲地穿梭其间，只感觉到空无一物。

云说，保持距离，你才能看到云，身在其中，云就消失了，而你会在消失的云里化作一艘孤独的帆船，浑身挂满露珠。

显然，我的云比我更为健谈，它的诸多观点也更为有趣。我们的交谈常常涉及许多我没有对任何人类聊过的话题，解释起来有些拗口。只有当你面对一朵云你才会意识到，天哪，它比我博学太多。

我们聊计量方式。我问它，你们云究竟论斤称还是按片区划分，是不是像校园里分配卫生区域那样讨价还价？你们云如何处理自身的裂缝？连续函数是可导的，你们不可导的部分那么多，该如何界定？它想了想，这些问题就好比问你们人类如何度过时间，如何完成长途跋涉，如何处理无穷的严密而又模糊的现实。云作为无章可循的典范，却对规矩和规律侃侃而谈，听它说了半天我愣是没听懂，只好从鼻孔里哼出一句：荒唐！它没有搭理我，接着说，人类最虚伪也最脆弱，短短几秒钟的等待就会掉入恐惧的无底洞，在里面漫无边际地游泳、喘息，把时间搭建成一堵永不可逾越的无限高墙，最后淹没在心脏剧烈跳动引发的潮汐里。好在最终决定权还握在你手中，云说，如何以赋形者的思想塑造出一个被赋形者的形象，现在为时并不晚，你完全可以朝另一个物种的方向努力。

于是我们聊基因。云说，任何物种都习惯性地把记忆刻在基因里，一代代传下去，这样做的好处是家训牢固，队伍整齐，缺点是陷入无聊的重复，少了许多乐趣。后来其实大家都厌倦了，只是找不到恰当的理由抗议，幸好电闪雷鸣山崩地裂这些情形时有发生，基因就趁机按照各自的喜好重新组合，变换成其他的飞禽走兽。听它说这话时，我蓦然惊觉我的云已有亿万岁高龄，它从远古来，几乎亲历了地球成长的所有阶段，一定见识过许多超越人类认知的奇异场景。更令我惊叹的是，很快我由此意识到——我的身体不也是由诸多古老的元素构成的吗？从古老的云身上看到了古老的我，关于这种自视，我想，除了云，再没别的事物能给予了。

有时我望着天边那朵软塌塌看起来有点儿傻乎乎的云，深表怀疑，我当真与它这样对话过吗？有没有可能只是我的臆想，是我内心深处映射出的另一个我，于那虚无时空喃喃自语的回音。

跑步的时候可以一直看着它——属于我的那片云，那个时候是最快乐的，它在天上缓速飞行，懒洋洋地形变，一副无拘无束的姿态，又始终跟随着我。由此我越来越愿意走出家门，无论去哪里——在森林里，在大大小小的集市，在海边，在露天烧烤店，或者某个不经意的抬头间，随时随地都能看见我的云。它的提醒让我意识到，心中还留着那么一团空白自在、近乎纯净的东西。这就是为什么我一直想写写它，关于我和一朵云的事情。尤其是当远方的烦恼袭来，许多没用的声音充斥耳边，我就更想写，却始终不知从哪里下手。

附近有海、水库、池塘，还有湖，我时常坐在它们的岸边，观测水面如何在不动声色中蒸腾、弥漫，将新鲜出炉的云朵抛向天空，并且从中辨识出属于我的那一朵。对于分子层面的活动轨迹，起先，和大多数人一样，我也认为肉眼看不出什么，但是当消耗时间足够长，凝视的力量聚集到一定程度，情况就会变得不一样。

有好几次，我清楚地意识到，那朵云从我身侧悄然滑过，轻轻伸出脚丫子试了试水温，然后一股脑儿扎进湖中，那团湖水霎时显出醒目的青蓝色，继而逸散开去，越来越淡。大概一个半钟头，青蓝色重新出现在湖心，那就是云在为离开水域做准备了。

渐渐地我开始对它怀有嫉妒。它太随心所欲了，就那么轻柔慵懒地席卷一方，以某种舒服又好看的姿势扶摇直上，而且每次都不一样。这种自由变幻的能力实在诱人，相比之下，人的变化太过缓慢，很多人需要终其一生才能从人变成鸟、变成猪，或者马或者羊，其间付出的代价也是巨大的，效果还不见得好，要是再动机不纯怀有贪念，这也想变那也想变，很可能最后弄成个四不像，里外不是人。云却是绝对的纯粹的，无论你怎么撕扯它、拼凑它，它还是云，不会是坚果、小虫、无机盐或者别的什么，就那样散漫着，你找不到它的关键，也找不到它的核心，某种程度上近似宇宙的运行方式。如此想来，云未免也太高级了。我嫉妒它。

每当嫉妒心盛，我就会任性地钻进湖边的密林，希望它们长得遮天蔽日，那朵云自然眼不见为净了。热带植物善解人意，以迅猛的生长力在土壤之上构筑枝繁叶茂的景观，地底下想必也是盘根错节，千丝万缕。越往深处走光线越暗，光线越暗越无法止住脚步，越发相信树林深处藏着某种改变命运的东西——那种我小时候就时常幻想的拳头大小、会发光、略微烫手的东西。至于为什么那样的东西能立马改变命运，我当然解释不清楚，我只是相信，而且我相信很多人都有类似的相信。当我心跳加速地迈向完全陌生的小荒漠——出于趣味性的考虑，密林有意空出些地盘——物以稀为贵的稀也可以是稀疏的稀，稀疏地匍匐着一些体形独特、别处寻不见的植物。我蹲下来，仔细地察看透过枝叶的稀疏光线如何照耀它们。也许它们选错了地方，一辈子都无法痛快地吸收阳光，当然也可能偏要落户在这里——就像我一样，走到小镇，居住在这里，似乎丢失了原本应有的方向，开始新的生活，接受新的生存考验。因此，那种改变命运的预感就是这样得到印证吗？看似迫切的严重的问题，让我急出一身冷汗来。也就是在那个时候，我突然意识到自己也是一个蒸发体，换句话说，我体内的水分也难免贡献给了头顶那朵云。那么汗水的加入是否会令它不堪重负，是否会打破云雨之间的平衡？

我有一朵云，我爱它，正如我爱这世间的其他事物，到了一定阶段总令我深感错付，而对方又总是在这个时候展现出要命的不离不弃。热带气候是高温加暴晒，是行踪不定的风，是空无一人的午后，是突如其来的大雨。我察觉到，我的云积极参与了所有项目，又不厌其烦回到我身边，浇灌我，敲打我，成为我，向我传递它中有我我中有它这个又好又坏的消息。

所以从某种程度上来说，我就是云，云就是我。所以当我想要写它，实际上我也在局部地片面地拖泥带水地写自己，以写云的方式写自己。这样一来，是否我也拥有了宇宙般博大而虚空的存在？那么我关于云的写作，我云一样的语言，也可能因此触及了宇宙某个或神秘或无聊的角落。我翻阅自己曾经写下的、正在进行的以及热切规划的，发现它们大部分都与云有关，都可以视之为云的变形。这样说的确显得荒谬，但是我从中找到了它们的共性：远看有形近观虚无，并不刻意为之。我想，这是云的选择，也是我的。

然而，当我心中有意识地强调上述念头，反而陷入了困境，关于云的、关于人的和关于人云亦云的，都写不出来了，每天只是习惯性地抬头，看着它，思想越发空泛。可见长久的凝视未必是好事。我想我应该动用其他手段，譬如盖一座云之研究所，然后想办法把它捉住，把它关在笼子里，连同脑子里各种虚构念头也放进去。产生这个想法的当天晚上，云就跑进了我梦里，然后又让我亲眼看到它从二楼窗户出来。很明显，它在向我示威，并且嘲笑我的愚蠢。连我的梦境都能来去自由的家伙，又怎么可能关得住？

那晚我与云反方向行走，凌晨三点的天空渐渐呈现出玫瑰色。前方有一片椰林，我又记起成熟的椰子，想去碰碰运气。那个时候它终于追了上来。它说，没错，是我。

我的云又一次通过了我那无聊而执着的考验。我逗它，敢不敢下来让我亲你一口？云沉默了。我心里充满了失落，我们之间永远都需要保持一份距离。

我继续朝前走，不甘心，又抬起头问，知道坐轮渡过海是什么感觉吗？过了好一会儿，云终于开了口，答非所问地对我说道，抛弃上述一切吧，去找些别的乐趣，你需要忘记一朵云，就像有的时候你必须忘记你自己。

这话令我意外，但我并没有表现出来，仍然若无其事大步往前。我不敢再抬头去找寻，因为我完全听懂了它说的话，我们之间到此为止了。我的心痛哭着，想起自己曾经问过另一个朋友：请问坐轮渡过海是什么感觉？吃泡面不用吹。朋友不假思索地回答。哦，他的意思是轮渡上海风很大也很冷。那个时候我并不知道会认识一朵云并成为朋友，那个时候我脑袋空空，只是机械地重复——海风很大也很冷，海风很大也很冷。带着那样的念头我昏昏欲睡，却又努力保持着清醒，因为等不及要见识那样的海风：自由自在，行走天地。

柔 软 的 冰

　　我曾努力搜寻生命最初留下的印象，只是些随风晃动的斑驳树影，不禁好奇，那些辨不清地点方位的所在就是我经历过又遗忘了的往昔吗？我也常常追溯陈年旧事，发现诸多细节每次回想起来都有所不同，难免感叹，记忆充满奇妙魔力，它在大脑中搭建出庞大的时空轨道又设下迷宫般的陷阱与死胡同，让人相信自己从过去而来，又对诸多事物的存在产生怀疑。这些感受为现实生活增添了许多如梦似幻，同时激发了我的研究热情，或许平行宇宙真的存在，无数个我，无数个他人，交织出无穷无尽的过去与未来。

　　为此我成立了一个研究小组，邀请朋友和家人一起回忆某些共同经历。果然，大家的陈述五花八门，各持己见，时常在细节上吵翻天。更为惊人的是，多次出现此类情形：同一个人在两次回忆中发表了对某事件完全相反的叙述，并且前后两次都坚决捍卫自己的说法，与他人争得面红耳赤。以下情形也反复出现：讨论成员分成若干派别，每个派别拥有完全相同的回忆；讨论成员数量多达五个以上且每个人的陈述与他人的重叠程度均低于百分之三十；某成员坚称某事件根本没有发生过；某成员在回忆中细致而详尽地描述出其他成员都认为没有发生过的事件。这越发验证了我当初的猜测。纷乱交错的时空故事曾令我一度陷入盲目，我忽而致力于分辨大脑记忆错构与平行宇宙的关联，忽而试图证明艾宾浩斯记忆曲线的荒谬，忽而研究饮食习惯对记忆的影响规律。终于有一天，我发现自己竟将最美妙的部分抛之脑后——回忆往事的浪漫感觉以及萦绕其间的情感流转，于是又推翻上述一切，视理论与系统为冷冰冰的容器，而其中盛放的事件本身才是珍宝，供我们追忆、遥望、反复鉴赏，那闪耀在无尽时空的奇光异彩。今摘录其中几则，由于当事人的陈述中包括若干事先约定的问题设置，因此某些段落略显生硬。

送别（2014 年）

来自妈妈的回忆——

头天的机票只剩一张，买给了 S（我父亲），我们是第二天回去的，到老房子已经天黑了，很多亲戚聚在屋里头。

大弟弟揭开白布，给我们看了老人遗容，很安详也很干净，我感觉心里很平静，又有种说不出的悲痛在使劲挤我，眼泪哗哗止不住。我跪了一会儿，大家都劝我带小黑子先回去，说孩子太小，容易看到不好的东西。

同样的原因，第二天老人上山，我留在家里带小黑子。那天小黑子话特别多，显得有些不安，反反复复地问妈妈去哪儿了姥爷去哪儿了太奶奶去哪儿了，我一边整理老人的遗物，一边安抚他。

晚上有件怪事，家里进了蜘蛛，从没见过那么大的黑蜘蛛，爬得还特别快，一下在桌子上，一下又贴到天花板上，像是会飞的，我赶紧去阳台拿拖把，回来虫子就不见了。

安全起见，大家分头去每个屋检查，找了很久也没找到。我怀疑是幻觉，但每个人都看到了，我又怀疑是蝙蝠。

小黑子受了惊吓，哭得很凶，蹬着腿乱叫乱喊，一句也听不懂，搞不清他是想要什么还是哪里不舒服，我就一直背着他在地上慢慢走，哄到了后半夜。

我的回忆——

有相当长一段时间我都在自责，不该给爸爸打电话，不该叫他去石家庄给小黑子过三岁生日。

我一直觉得奶奶不会死，从八十岁活到九十岁，从九十岁活到一百岁，我特别坚定地认为，她肯定能活到一百岁，活到我们每个人都觉得够了，到头了，无须再为分离而悲伤了。

可当我们仓皇赶回老家，她已经躺在那里不能说话不能动，我跪下去磕头，泪水飞到额头上，小黑子也跟着跪，他还不知道死是什么意思。

那是第二夜，如今我完全想不起自己当时身处何方，做了什么又说了什么，再睁眼已坐在赶往殡仪馆的面包车上。

我第一次去那个地方，环境清幽，石墙、青苔、老松柏，陈旧而亲切的样子给人以安慰。我们站在一起不说话，要最后再看一眼。和记忆中奶奶睡着的样子很像，但是白了许多，整个身体似乎也缩小了，显出陌生。

那种轻微的陌生感仿佛催化剂，顷刻间掀起巨大的悲痛，我一个人跑到外面，面对围墙站立。螺丝越拧越紧，强烈的窒息感将我紧紧包裹住，我努力忍着、对抗着，直到精神所能承受之极限，然后世界终于松懈下来，烟囱里开始飘出银白色的烟雾。

我想起物质不灭，想到天地间万物轮转，情绪缓解了些，爸爸和表弟在附近轻声谈论高温火炉的工作原理，我松散地听着，对其中一些看法表示不赞同。

幺姑说，一会儿送奶奶上山，之后暂时没有需要忙的了，大家都回去好好补觉，可我一点儿不觉得困。在公墓里，道士有条不紊，我们像木偶遵照指令行事，过程晦涩而烦琐。

终于，奶奶的骨灰盒安放完毕。气氛瞬间轻松起来，大姑父率先笑了，大家也跟着笑，聊有趣的过往，聊远方多年不见的老朋友，就像一次寻常的家庭聚会，没有任何悲伤的事情发生。

我也笑了，因为感觉奶奶也在听，时不时点点头，或者补充点儿什么。

感觉很真切，那个场景也一直在延续，之后很多年我做着类似的梦：奶奶醒过来了，我特别开心又觉得有些不可思议，赶紧和她说话，她果真是活着的，可以和我一问一答，我拉拉她的胳膊摸摸她的脸，也都是温暖软和的，我就笑啊笑啊，奶奶说慢慢来，不着急，然后我们坐在窗下一起看报纸、做游戏。

黑色大蜘蛛我有印象，应该是回去的当天晚上，但是幺姑说我那晚给奶奶守夜，并没有回家。

来自幺姑的回忆——

哥哥是 11 日去的石家庄，怕娘不让，就找了个理由，说要去成都体检。结果娘惦记上了，联想起头一年哥哥也说过去成都体检，就问我哥是不是得了重病。

我跟娘说，哥哥没生病，不要担心。那天下午娘就下不了床了，我和姐姐拿不准情形，一直犹豫给不给哥哥打电话。

12 日夜里，娘的气息已经很微弱了，不喝水也不吃东西。姐姐说，打电话。我们一直守在娘身边。13 日下午，我和 Y（小姑父）准备回家简单换洗一下，娘冲我们摆手，我当时以为是再见，后来才明白，是不让走。

那个时候，娘已经清楚自己的时间了，她提着一口气，是在等我哥。

哥哥最终还是没赶上，我和 Y 回来走到床边，娘问，是 S 吗？Y 应了一声，把手伸过去，娘拉着他，应该是把他当成了哥哥。娘心里满意了，就放心走了。

哥哥晚到了一个小时，一个小时就阴阳两隔了。

请道士、通知亲友、联系殡仪馆，还有很多杂事都是姐姐在安排，我和哥哥忙着迎来送往，虽然通知的人不多，很多听到消息的老朋友也都来了，边抹眼泪边道节哀，人人都说，九十六岁是高寿，是喜丧。

Z（我）他们回来是 14 日晚上，做道场时 Z 一直挨着我，跪跪起起的，我看她体力和精神都快支撑不住了，劝她去沙发上休息，劝不动。Z 和她奶奶感情深，祖孙二人向来不分辈分，一见面就嘻哈打闹。

那个时候不能回忆，但是越堵它越来，我干脆抱着 Z，两个人低声哭了很久。

15 日送老娘上山，天气很好，一切也都很顺利，烧纸房子的时候我想起小黑子那天说这个房子真漂亮，以后要给他姥姥买一个，真是童言无忌。

来自爸爸的回忆——

娘走了，我就失去了儿子的身份，都晓得迟早有这一天。

最后那几年，娘总怕我不在身边，不能给她送终，我一出门她就卧床不起，要家里人催我回去，这种情形发生过很多次。所以，那晚接到电话，虽然我也尽快往回赶了，心里却并没有太过焦虑。

没想到竟然就那么错过了，世事难料！

关于娘的后事，兄弟姐妹三人没有任何分歧，大家有商有量，相互配合。娘在天之灵，看到这些应该感到欣慰吧。

姐姐提议做道场时间不宜过长，大家一致同意。妹妹说，选骨灰盒不要挑来挑去，看好哪个就是哪个，要利索，我们都点头表示赞同。我给司炉工塞红包，请他仔细些，姐姐还提醒我，一定要给够。

后来通知我们过去的时候，那个司炉工连连惊叹，说没见过岁数那么大的老人头骨如此完好无损！我倒不觉得意外，娘的身体本来就没毛病，头脑也清楚，她是老死的，是基本上不受病痛干扰遵循自然规律而去的。

蜘蛛的事情我不记得，那晚小黑子哭闹应该是从北方回到南方对气候还不适应。第二天，小黑子不哭了，正常了，结果Z又开始哭，一个人关在屋里哭了大半天，我本打算敲门进去劝，想想又作罢了。

都是个过程。以后她还要面对我的、她妈妈的、更多的。

来自小黑子的回忆——

我们从一个门进去，太奶奶躺在那儿，脚前面插着生日蜡烛。没有蛋糕，有一大盘糖果。

房子像灰色，点着黄灯，我穿了很厚的衣服。有人把我抱到沙发上，问我吃不吃糖，然后我就吃了一颗。

回到家，我自己坐着，姥姥不知道在干什么，我喊她，结果跑来一只大蜘蛛，我吓得哇哇哭，使劲喊：姥姥！姥姥！我以为姥姥变成了大蜘蛛。

第一场雪（2002 年）

来自同学 H 的回忆——

12 月下旬的某一天，出早操时就开始下雪了。

起初是一点儿一点儿的小冰粒，几个女生在那儿大惊小怪，说实话，我觉得有些反应过度。不就是下雪吗？

上午第二节课的时候，明显下大了，窗外飘落的雪花越来越密。以我的经验，这样下到中午差不多就能堆起雪人，教室里躁动不安，没人坐得住，我也深受感染，期待着外面焕然一新的世界。

其实，对于我这个在华北平原长大的孩子来说，下雪根本不算稀奇事，再看南方同学一副没见过世面的样子，这不等于老手新手放进同一个游乐场了嘛。

一开始打雪仗，我本以为自己经验丰富，没料到开局不久后背就狠狠挨了一下，特别疼，不像雪球，倒像是石头。

仔细研究了一番，我找到了原因。北方的雪松软轻盈，雪球击中目标物就散了，而南方的雪很湿很沉，压在冬青上，重量感十足，因此雪球可以捏得很结实，你甚至可以认为它是冰球，抛掷速度也极快，杀伤力要大得多。

派系一直在变化，很快发展为混战，我们随机挑选瘦小个儿、脾气好的，冷不丁给他摁到地上，肆意践踏，太过瘾了！

大衣全都敞开，那感觉像是终于又彼此敞开了心扉。

那场雪留下的不止几张照片，更重要的是它提供了一场宣泄的机会。考研在即，大家都承受着巨大压力，无法把握的未来在前方忽明忽暗，而同窗的好战友好兄弟成了这场人生大战的竞争对手，我敢说，那种微妙的防备和敌意让每个人心里都倍感纠结。

因此，雪地也变得歇斯底里，那些怒吼、仇视，那些利箭般的目光，那些不顾一切的攻击与被攻击，最后又胡乱抱作一团。我哭了，可能他们也哭了，但没有人承认，因为每个人脸上都湿漉漉的，有雪水也有汗水，足以掩饰不断涌出的热泪。

我的回忆——

上午的课在专业教室，突然就听到外面吵闹起来，惊呼声、怪叫声，似乎还有哭喊，我皱着眉头跟邻桌的小鬼交换了个眼神，不知道出了什么事。

离下课还早呢。黑板上公式推演正行至最为晦涩昏沉的阶段，付教授的湖南口音戛然而止，他低头看了看自己的鞋，然后转身拉开门径直走了出去。

大家愣了几秒也陆续离开了教室。

只有我还坐着，一股清凉的寒气涌了进来，我感到鼻子发酸，奇怪的是，这件事并不是因为有人告知或者我往楼下张望了——尽管我的确那样做了，只一眼，就被窗外的景象深深震撼——在那之前我已猜到，下雪了。

我心中升起巨大的喜悦，还有它附带的令我难以描述又难以承受的诸多感受，我感到血往脑门儿冲但又强作镇定，从书桌里抽出稿纸，就着窗外的嘈杂，准备写一首诗（我恰好是在那之前不久开始写诗的）。

它的开头是：但丁会同意／下雪时保持安静／可这里是南方／我没法儿聆听雪的声音。正是那场雪，也可能是那首名为《南方雪》的诗让我认识到自己是怯懦的：会迟疑，会掩饰，不敢坦然奔向自己中意的事物。

写完诗之前，下楼之前，我再也没有站起来看第二眼，只是想象。

在想象中，雪越下越大，天地间银装素裹，人们在雪地里打滚儿、撒野，统统换了精神模样。

后来我终于走出教学楼，学弟站在楼前，举着数码相机朝我招手，那时刚兴起数码相机，他买了一个白色的，烟盒大小。

我们结伴去了大操场，很多人，全是陌生面孔，很快我就被雪球击中了，不知道从哪个方向来，于是我也干脆加入混战，渐渐发现陌生面孔实际上都认识。

天压得很低，灰蒙蒙，雪球并非我担心的那么冰冷，相反，它似乎还有些温度，我捏着它，感受到一种亲切与温润。

我知道，南方雪属于不速之客，必定来去匆匆，因此我贪婪扫视着四周，谨防雪随时消失。地上的，栏杆上的，看台顶棚的，肩头的，手上的，眉毛、睫毛上的，嘴唇上的，还有半空中正在掉落的。

结束了，草坪踏得乱七八糟，我的大脑一片空白，军大衣上溅了很多泥点也想不起怎么弄的。有个人从远处跑过来，仰天长啸——三十年了，长沙第一次下大雪，让我们给赶上啦。

来自同学 W 的回忆——

那天正好是圣诞节，然后又下了那么大一场雪，实在太令人惊喜了。

上午专业教室里还是臭烘烘的，几个男生趴在暖气片上睡觉，也有人在奋笔疾书，我保研了，不用复习，随便翻着图书馆借来的传记。

不知谁大喊一声"下雪了"，然后整个楼就跟地震似的轰隆作响，大家发疯一样跑了出去。我印象最深的并不是外面，而是站在窗户边上往下看的情形，多年来，那个场景以油画的形式存储在我大脑里。

一个穿军装的女生背影，静静望着窗外，但她的内心并不安静，有许多躁动，还有波澜起伏。她看到的 01 教学楼下的小花园也是一幅油画，而且是动态的。

圆形花坛、修得又矮又圆的冬青、弯弯曲曲的石子路因为下雪变得不断膨胀壮大，以便容纳更多的人，还不断有新的人拥进去，画面的颜色很简单，除了黑白绿，就是晃来晃去的红肩章。

白色雾气从男生身上冒出来，我亲眼看到了冷热相遇的过程。

最令人意外的是，听说付教授也从没见过下雪，课才上到一半啊，他居然带头下楼玩雪了，平时那么古板严苛的一个人。

只能说自然力量太神奇了，这就是下雪的意义。还有个奇怪事，整个过程我不知道 Z 去了哪里，但她那张捧着雪球笑呵呵的照片一直在我电脑里，现在还在。

来自师兄 L 的魔幻回忆——

W 与师兄 L（夫妻俩）的对话：

"你怎么一点儿印象都没有呢？那个时候你究竟在干吗？"

"2020 年的……哦，2002 年的第一场雪。"

"那场雪下得特别大，你怎么会没印象？"

"第一场雪，它下得特别大。我坐 1 路公交汽车，走在五一大道上，发现两边高楼大厦都只剩顶上那个尖儿，仔细一看，原来四周都堆满了雪，OK！"

"正经一点儿，对了，那天还是圣诞节，难道你有什么不可告人的秘密？当时大家都在复习考研，看到下雪就很激动地冲了出去。"

"对，雪太大了，都把我埋着了，从教室出来之后我发现走不动，就干脆挖洞挖到宿舍门口回去睡觉了。"

"你昨天还告诉我是绿色的雪。"

"乱七八糟，就是绿色的，我在绿色的雪里面挖了个红色的洞。"

"你那天到底在干吗？上课？"

"噢，2002年的第一场雪，它来得好快又好猛。"

"你是不是出去玩了，现在没法儿交代？"

"我出去玩啥都得冻死。"

"那奇了怪了，你怎么会没有印象？你真的不记得下雪了？"

"没有，我趴在教室的暖气片上面，没有师妹你相伴，只好一个人复习考研。"

"又瞎说，是我们那一级考研，你已经上研一了好吧，还复什么习。你究竟在干吗呢？"

"不知道，我啥也没干。我根本不记得长沙下过大雪，我可能已经回家了。"

"12月25日还没放假，怎么会回家？"

"那就是我做梦，梦里有一场大雪，我带着你从雪地里走回家去。"

去六金沟（1989年）

来自姨父的回忆——

那天很热，两个孩子非要吃过午饭就出发，说实话，我有些烦躁，每天午休半个钟头是我雷打不动的养生习惯。

我们绕着猪鼻山下的石子路走，有些硌脚，但那条道相对平缓，灌木也少。我穿着白色短袖，黑色短裤，两个孩子是款式相同的连体衣，一红一绿。

穿过镇子，发现那家电器维修店变成了猪肉铺，要知道，我和维修店的万老板可是好朋友，他走居然不告诉我。

摆烟摊儿的老夏说，此人一夜之间卷走了所有电器，跑路了。

快到陈坡沟有一截陡坡，我突然想起上个月修了小录音机，幸好六喇叭双卡的大机器没有放过去，当时那一台也有点儿故障。

要说玩水就得去六金沟，那里潭子多，又是上游，水最清亮。到那儿大概两点钟，最晒的时候。

LL胆子大，我还没教完基本动作她就开始扑腾，像那么回事，算是勉强学会了。ZZ怎么也不肯下水，就一直坐在边上玩石头，抓石头缝里的河虾。

去的路上聊天了吗？我没印象，只记得两个孩子唱歌玩，你一句我一句也不正经唱，我刚听出调门来，就又换了另一首。玩水饿得快，那天晚上孩子们吃饭吃得特别香。

来自表姐的回忆——

我们是上午出发的，起初沿着火车轨道走了很长一段路，我和妹妹分别踩在两条铁轨上，上面很滑，走不了几步就会掉下来。我们就比赛谁坚持时间长。

妹妹胆子小，不敢迈步子，那样反而容易失去平衡，因此我赢的次数更多，她嘟着嘴不高兴，我们就不再玩那个游戏，老老实实往前走。

沿着小溪上山的路上，有种叫声咕噜咕噜的鸟儿一直跟着我们，吵死了。爸爸光着膀子，戴一副墨镜，像个大坏蛋，圆圆的肚皮发亮。

我和妹妹把泳衣穿在里面，外面套一条连衣裙。我摘了一把野花，是那种粉蓝色的筒状花朵，当地的小伙伴都管它叫粉笔花，妹妹还是闷闷不乐，我猜她是走累了，就提议踩着水走，会凉快些。

但是刚一下水，妹妹的凉鞋就被冲走了。爸爸掉头追了好久，我们都以为鞋子回不来了。妹妹哭了，她觉得姨父也不会回来了，我就一直哄她，好不容易不哭了，看见爸爸拎着鞋子回来，妹妹又哭了。爸爸说，很幸运，估计是下游的小孩儿捡到了，规规矩矩放在岸边。

六金沟的水像玻璃，能看到水底，一块一块亮晶晶的，我试着捞了好几次，总觉得其中有一块是真的。

我的回忆——

我和姐姐始终挽着胳膊，如果不那样就没法儿继续走下去似的。

太阳很晒，肯定是下午。姐姐的脸、手、手臂都晒黑了，我看了看自己，还是白生生的，因为我第一次去六金沟，第一次晒那里的太阳，所以很警觉，一直在留意着一切。

我喜欢姐姐比我高一些胖一些，那样的她特别像一个姐姐，暑假结束后我上四年级，姐姐上五年级。

我们沿着溪流逆行而上，沿途经过许多小水潭，每到一处我都以为是六金沟，结果姐姐总摇头。我没有走过那么远的路，不停地哼哼，姨父批评我太娇气，我就低下头不肯说话了。

　　姐姐开始哄我，把前面讲过的他们班上男生的笑话又讲了一遍，专门挑我笑得厉害的反复讲，起初我皱着眉头不理她，后来忍不住跟着哈哈大笑起来。姐姐就俏皮地喊，哎呀，瞧你，瞧你！

　　那些水潭实际上很深，水没过胸口脚丫子还踩不到底，我被一种恐惧攫住了，慌忙扒着石头爬上岸来。我仔细观察周围，并无特别之处，水潭比先前遇到的还要小些。

　　我甚至怀疑六金沟并不是一个固定的地方，当所有人走累了，走不动了，在哪里停下来，哪里就是六金沟。

　　不知为何，回去的路要快得多，大部分时间我们都走在有汽车来往的公路上，太阳下山了，已经不热了，但我的念头里还是溪水中晃动的炫目光影。

　　我们在低矮的瓦屋前歇脚，姨父要了两碗冰粉。瓷勺敲打瓷碗有一种令人沉醉的声响，但更令我中意的是加了薄荷水的冰粉。

　　入口的一刹那，我产生了一个奇怪的想法，这些可爱的小东西来自六金沟，它们是巡游于溪流之下的软冰。起初它们贴在上颚，慢悠悠地滑向喉咙，然后快速掠过食道，我感觉自己整个身体都变得透明，富有弹性，微微颤动。

　　天黑了，六金沟旅行结束了，全世界都走在回家的路上。

捕　梦　记

　　有一只长相奇特被称作"离奇白日梦"的怪诞虫，人类花了七十三年时间才分辨出它的正反面，之后又耗费了三十一年弄清首尾。怪诞虫化石于 1911 年出土，整整一个世纪之后，人类终于把它摆放成正确的样子，接下来，研究工作才算正式开始。对普通人来说，这是难以想象的事，但对古生物学家而言就是家常便饭了，他们或许穷尽一生都无法窥探到几亿年前一只小虫子的秘密，也正因这有如普罗米修斯盗取天火的勇气与执着，才让揭开生命之谜充满希望。

　　问题是，生命真相有必要搞那么清楚吗？有没有一种可能，人类认知范畴外的东西，实际上是大自然赐予我们的礼物，它们千变万化、不可描述，也不可定义，存在的意义只提供感受，根本没必要去探究。就像那虫子"离奇白日梦"，一场梦而已。

　　做梦算得上是离日常生活最近且具备神秘色彩的东西了。我喜欢做梦，尽管那几乎不受我控制，幸运的是，我的梦向来丰茂，并且我自有一套捕捉它们的招数：刚醒时梦境的记忆还是鲜活的，但它会被迅速遗忘，这个时候写字或者打字都来不及，一定要马上说出来，把它变成声音堆砌到空气中，起到凝固作用。我的经验是，说给别人听效果最佳，会有大篇幅的收获，自言自语也可以，但往往说到一半梦就跑丢了（我猜想，向他人倾诉更能激发一个人的表达欲，这种力量可加速捕获更多片段）。复述一两遍之后，梦的印象便固定下来，留在脑子里，现分类列举如下。介于梦境的极度不严谨，分类索性也不严谨。

抽 象 之 梦

类似二维空间，布满大量数字与符号组成的元素，我的意识在 AB 两面穿梭，又有几分类似莫比乌斯环上的蚂蚁。任务是将那些堆积如山的元素分类、抵消，直至化为最简。

通常有一半的概率，元素在我巧妙的引领下逐渐整齐、简洁，演算流利，成功通关。由此引发的愉悦感能够在梦醒之后持续一整天，每件事物都变得和善舒畅。但要是遇到相反的情形就麻烦了。

梦的开头往往出师不利，我像只迟钝的爬虫，在庞杂纷乱的重重包围中，理不出丝毫头绪，然而游戏难度并不因此降低，见我无计可施，元素反而加倍疯狂繁殖，于是问题变得更为棘手，我所面临的失败也越来越壮观，A 面糟糕，B 面更甚，最后所有的一切都在绝望中坠入深渊——近乎窒息的我从梦中惊醒，我盯着天花板，心脏狂跳，被深深的恐惧笼罩。

我始终摆脱不了它，不过我的承受力似乎也在一次次梦境试炼中强壮了许多。除此之外，还有无法被三整除的梦，我始终困在一种羞耻中又企图作弊；遥远无法抵达终点的梦，实际上它有时候会变得唾手可得，但我总抓不住机会，这些情形周而复始循环；还有许多极度抽象根本无法用语言描述，只记得恐怖的感觉，忍不住尖叫、痛哭……它们时不时地钻进夜晚折磨我的神经，不得不说，相比那些具备故事情节的片段，抽象的梦境更可怕，也更难以驱逐。

超现实主义

绝大多数梦都属于这个类型，关联现实，又不乏奇异怪诞。

其中我最喜欢高空坠落，将其视为梦境之馈赠：可以尽情体验重力加速度又没有生命危险。其过程完全值得仔细回味，最初几秒钟我必须直面濒死的惊恐，四肢胡乱挣扎，随后便豁出去了，尽可能把姿势调整得舒服些，领受伟大的地心引力和空气摩擦，以上属于固定情节，每次都差不多，它们的区别主要体现在着陆上。

比较常见的是紧急刹车，落地前一秒突然出现另一股强大力量将我拽住，然后贴着地面滑行，类似于飞机降落。那一瞬间惊魂未定，同时耳边涌起喧闹的音乐，像集市；有时我也会陷入泡沫海洋，当真一点儿疼痛都没有，我会在里面漂浮很长时间，这正是梦境中的无聊片段，没有好点子也没有新思路，敷衍了事却迟迟不肯让我苏醒；比较奇特的一次，天地完全颠倒，我以为重力加速度会再度发威，结果我只是卡在那里，持续承受着超重的物理现象，做梦的人也会开小差，那个时候我感觉自己是一块经过棉线的豆腐。总之，梦里的坠落从未"死"过，它以各种方式化险为夷。

自下而上的情形也是有的，我梦到过飞翔，清楚地记得当时还萌生出一种歉意，因为周围的人都不能飞，只有我可以。我展开翅膀，似乎它是从脑子里的某个念头开始滋长的，电流迅速通过，于是肌肉扎实羽翼充盈，十分轻松就升到了半空。那一刻我涌起流泪的冲动，竟看到世界如此动人的一面。

我不清楚鸟类喜不喜欢边飞边往下看，但我高度怀疑无人机执行任务时常常陷入沉醉。空气纯净透明且富有深邃感，正下方是大海，由无数碧蓝的多面宝石组成，每颗宝石里都卧着一个精灵，缓慢旋转，变幻着形态与光泽，定睛看时，它们纤毫毕现，可以辨清肩部的小突触和腹部那些纷繁花纹。实际上宝石很小，离我也很远。

梦就是这样任性，超越感官极限。为了丰富飞行体验，我尝试着控制梦境。俯冲——身体疾速下降，海水边缘与沙滩交织的花簇扑面而来，爬升——意外带走了一个人，当时他站在岸边，望着空中的鸟人发呆。我像只老鹰那样把他抓起，他显得不知所措，天真的表情凝固在脸上。后来我猜，也许这是来自婴儿的第一个梦，只是被捏住了后脖子，人生与眼界就升到了半空。

　　不管做什么梦，你永远都想不起梦的开端，好在它们细节满满，数不清的片段串在一起，仿佛一部部丢失了开头的魔幻电影。电影里我时常碰到熟悉的人，有的身份确凿，更多的说不清究竟是谁，只知道对方与我相识多年，从意识和感情层面上流露出亲切与安详。这样的梦醒后我往往会失落好几日，那种痛失所爱的错觉笼罩着我，怂恿我翻看旧照片和聊天记录，企图从某个人身上找到影子去怀念、去延续，但从未成功过。

　　熟悉的人变成了一条又长又大的鱼，我背着它回宿舍，放在一个石头圆凳上。学校坐落在山脚下，紧邻陌生小镇。风在山顶飘荡，长长的走廊两侧挂满了海盗旗，其中有一面旗可以通往镇上的集市，那里的人相互交换思想或者身躯。我所掌握的梦境特点要么永远找不到，要么一试即中，不过那次我选错了旗，仍然被拽到集市，周围挤满了熟悉的人和熟悉的声音。我陷入庞杂的猜想中，渴望将他们甄别出来。每个人都显得不对劲，并且处于动态，张冠李戴持续演变着，走路的姿势，开玩笑的手法，以及眼睛、鼻子、神态、语气。后来我意识到自己也是参与者，对面走过来一张愁眉苦脸的扑克，那正是我流浪多年的写照。

　　收拾衣服时，花束的香蒲棒里爬出一只虫子，我把它打翻在地，结果它敏捷地闪躲到门后，我赶紧拽开门，虫子弹簧般骤然伸长好几倍，身躯也逐渐肥硕、由绿变蓝，我的惊叫引来了妈妈，她热切地安抚我，然后四处寻找工具准备将虫子消灭掉。虫子跑得很快，它长出了四条长腿，身躯升离地面，越来越像一匹微型马。另一个熟悉的人也来了，他声称那匹马上还骑坐着一个小人，我看到的却是人脸兽，通体布满蓝绿相间的斑马纹路。我大喊捉活的，手里不知道什么时候多出好几个盆子，轮换着扣向小兽，又突然想起家里有洗菜用的塑料沥水篮，透气些，就扭头跑去厨房找。一通翻箱倒柜没找到，却看到奶奶在院子里坐着晒太阳，也可能是乘凉。

梦中的我拥有奶奶已经去世的记忆，但又忍不住去相信眼前看到的情形。我奔过去拥抱她，心中的疑问说不出口，奶奶看到我非常高兴，邀我打扑克，我说不如猜拳定输赢。

当我回到房间，虫子已经长到半尺长，沉着地与妈妈周旋，在房间里飞檐走壁，而另一个熟悉的人缩小了许多，骑到了虫子身上，看得出来，他带着猎奇的饱满情绪，像坐过山车那样。他在最惊险的关头也不忘冲我微笑，这令我感受到一份特殊的温暖。于是，我不愿意离开房间，和妈妈徒劳地捕捉着，这时虫子已经接近普通犬类的体量了。

迷宫里有老虎出没，从容自若的王者气势压制着四周一切。童童和小黑子在附近玩耍，他们并不知道有危险潜伏。迷宫很复杂，层层叠叠，遍布阻碍。焦急中我的视力得到了进化，可以透过砖墙，我看到老虎正在靠近我的孩子们，更为焦急的我又进化出了穿墙术，以及更为敏捷的头脑。因为我不仅可以在空间里随意移动，还能预判老虎的走向，随时调整拯救孩子的最佳路线。

我的本领越发强大，唯一不能做到的是通知童童和小黑子。最后，老虎、我和孩子们连成一个等边三角形，我大喊着猛冲上去企图引开老虎，突然孩子和迷宫都消失了，老虎立在我跟前，它显得十分苍老，眼神中透出一丝忧郁。

熟悉的人和我一起摆摊儿，卖的货物有干粉条和烘干的小青橘，游客稀少，使用彩绳编织的蝴蝶当作钞票，交易一旦成功，蝴蝶就会成活，四处乱飞，我摁住这只，跑了那只，熟悉的人什么都不做，坐在一旁笑。天空慢慢下起了小雨，为了保持货物干燥，我们沿着建筑工地的钢筋往上爬，熟悉的人说，雨都落到了下面，上面还是晴天。我深信不疑。但是雨越来越大，周围有人拿皮筏充当热气球，寻找暴雨倾盆的所在，我思考了一下，他们似乎是在利用水的浮力。四周的鱼儿越来越多，充气皮筏不断被刺破，发出爆炸的巨响。我压根儿游不动，但我强烈感到所有事物都置身水底。

穿 越 的 梦

我是相信通过做梦完成穿越的可能性的。如果有一天你梦见了许久不见的朋友，这代表他正在遗忘你，但如果你梦到的是极其熟悉的场景，那么恭喜你，穿越只剩下最后一步。

我有过两次差点儿就穿越的经历。

天花板上挂着吊扇，缓缓旋转，绿漆斑驳的窗棂，窗户半开，是夏天，在姑姑家放书柜的房间，我躺在钢丝床上，感到浑身沉重，配有兰花图的挂历显示 1989 年，我以为自己看错了，揉了揉眼睛，准备支起身子去探个究竟，结果空间全然调换了模样。我苏醒过来，回到了现实，手术室，气温冰冷，戴着口罩没有表情的脸。

上述过程我复盘了很多次，还专门打电话向家人求证当年那间屋子的细节，几乎分毫不差，由于场景太过真实，超出了梦的虚构能力，我倾向于自己经由梦境跌入了时空隧道，之所以失败，一方面可能是麻醉剂剂量出现了波动，也可能是我不应该揉眼睛或者着急起身，犯了某种忌讳。

这种抵达穿越边缘的感受十分复杂，惊恐，期待，又悲喜交加。有了第一次的经验，再遇到类似状况我便从容了许多。大约两年后，在一个失眠之夜，我独自站到了山顶，说不清楚是哪座山，看样子应属太行，岩石裸露，植被稀疏，空气干燥。萦绕四周的是各种形象化的生活元素，譬如"优雅"，以佩戴珍珠项链的女性半身像呈现；譬如"四季芬芳"，竹篮里盛放着柔和的杂果与柏枝；还有"随性"，是水波般的骏马鬃毛……幻象相互穿梭，若隐若现，我能一眼看懂它们，这就表示我已身处梦境。总算是睡着了，我决定四处走动一番，但是，"生活的恬静""风水""邂逅""革命意志"，牵引着我，朝固定的方向前进。

于是我第二次来到了穿越的边缘。一个世界同另一个世界，两座完全不同的山，之间有着明显的界限。依然是细节满满分毫不差，初二那年春节，五个小伙伴相约游玩桃花山，桃树的芽苞将吐未吐，黑色枝丫似魔爪偏执而有力地伸向天际，斜坡青绿、湿冷，其中四个人的容貌和穿着也都是熟悉的，除了我。我立在另一座山顶，犹豫着。光线很暗，我没有揉眼睛，也没有试图改变身体的角度，两座山正在相互靠近，重叠的部分即刻消失。我知道时空隧道正在崩塌，留给我的时间不多了。

如果穿越的机会摆在眼前，你将做何选择？事后我每次自问，总认为这个问题应该不假思索，无论从哪个方面讲，回到过去都是件好事，如果舍不得现在的一切，那就重走来时路，如果厌弃当下，那正好可以另觅旅途。再者，还可以多活几十年。理智地讲，的确如此。

陷入那个失眠夜的我几乎是痛哭着缩回了脚尖，伙伴们四处唤我，不得不承认那种年轻的带着竹子般韧性的声音能量强大，我条件反射地就要奔向他们，重返我的青春、我的十三岁。但就在下一秒，我的心变得异常沉重，左右摇摆的意志犹如高频振动的音叉，瞬间来回了上千遍，而我带着不舍又带着决绝，做下了那个要命的选择。两座山已经所剩无几。

我从梦中醒来，2020年的枕头上全都是眼泪。

探 险 主 题

朋友送了我一个2000年的游戏，只能存在软盘（曾风靡一时，如今已绝迹）里，游戏附带一把黑白像素屏幕的操作柄，我找不到带软驱的电脑，便缩小身体，从水滴形按键的缝隙钻进去，游戏开局。悬空的平台上，周围有好几个和我一样的玩家，大树盘根错节，树下放着笔记本和各式笔，天色不断变幻有如极光流萤，我不知道任务是什么，只好四处闲逛。

突然下起大雨，众人皆逃往远处的城堡，我舍不得那些纸笔，找了几个塑料袋把它们遮挡起来。怕雨水灌进去，还特地调整了方向和角度，但是后来又担心维持天平平衡的那个点很容易失去，毕竟摆放得太过精细。

平衡是脆弱的，所有平衡都假装高傲，其实内心渴望被打破。

我步入城堡内部，大厅里立着好几扇门，连通着不同的房间，每个房间里又设立若干扇门，门里又有房间，我试着盲目地开门，穿过了许多房间，由此感到城堡一直在生长，像菌丝那样蔓延。任务有了些眉目，我得找到写有我名字的本子，补上昨天的作业。有些门设置了小游戏，需要通关才能开启，那一定是找到本子的关键。

雨很大，头顶的排水管咕隆咕隆始终忙碌着。我终于碰到了另外几个玩家，他们示意我加入队伍，别再单独行动。我们忘记了作业本，一心要找到排水管的出口，最后在一个类似悬崖的地方（没错，悬崖也位于城堡内部），排水管里的水变成了瀑布。

突然间，水位明显下降，露出骨头一般的沙子。原来是大量蒸发造成的，这段情节有点儿像《三体》里的游戏，城堡里变成了极热气候，每个人都需要大量补充水分，我们被迫逃到室外，寻找水源。

外面的天地更换了模样，一望无际的焦土、战场、废墟，近处有几堆篝火，是行军留下的残羹冷炙。篝火旁摆着残破的碗，其中只有一个碗底流淌着汤汁，我抓起来就喝，没有咸味，带着菜叶腐烂的腥，冷的，有点儿恶心。

梦与现实的关系互为首尾，有时折叠，有时展开。我觉得没必要那么明确地区分它们，人的一生有三分之一的时间都在睡觉，因此也可以认为三分之一的人生是在梦境中度过的。梦境层层叠叠，在我们不经意之间，或许赐予过更为神奇的宇宙供我们栖息。

有一天，孩子半夜醒来对我说："你去世界上最危险的悬崖。"过了一会儿，他又醒了，"你去了吗，记得戴着喜欢的花。"于是我开始想象他正做着一个怎样的梦，梦境如何机敏又恶作剧地将各种儿童认知范畴里的危险送往顶峰，而我呢，在他梦里，"妈妈"如何存在？是一幅简笔画，还是一阵风，抑或大白鹅那样肥嘟嘟又令人畏惧的生物？

孩子还在梦中，抱着我胳膊的手用力，又松开。

"妈妈，我不害怕了，现在你可以跳下去了。"

我不要回到 1997 年

2008 年，天涯论坛有一篇《我要回到 1997 年了，真舍不得你们》的名帖，点击量巨大，网友们纷纷对着十年前的自己隔空喊话，年少轻狂的往事，错失的亲情，还有成堆的过期告白，直看得人唏嘘不已。

那是我到石家庄的第五个年头，每天在军校教书，除了和同事、学生们交流，就是守着空荡荡的单身宿舍和漏风的窗户，干燥的空气让我流鼻血、长痘痘，举手投足间频繁产生静电，我不得不战栗着一次次缩回双手。整个世界仿佛都充满敌意，我感到莫名的孤独与烦躁，而亲朋好友全在千里之外。

有一天，我起床稍晚了些，顾不上吃早饭，骑着自行车匆匆赶往教学楼，就在白求恩铜像旁转弯时，我摔倒了，趴在地上疼得爬不起来，一队学员正好经过，纷纷侧目。太狼狈了，突然就想起那个帖子，心里冲着过去的自己狂喊："不要考军校！留在小城！嫁给那个枇杷园主的儿子！"

那一刻，真想回到 1997 年。那年春节，妈妈带我去乡下，路过一大片枇杷园。曾听老人说，枇杷花是要开过年的，果真如此，成堆的淡黄色小花簇拥在枝头，热闹非凡，却远不如蜡梅好看，也没什么香味。我们的驻足观赏引来了园主——一位活力四射的大娘，她利索地把那只咄咄逼人的狼狗拴了起来，详细介绍着枇杷园的规模和收成，还邀请我们四月份来尝鲜。我问她附近有没有樱桃园，相比枇杷，我更喜欢吃樱桃，大娘听了连连摆手："还是枇杷好，枇杷好。"

好玩儿的是，当我们准备离开的时候，大婶十分遗憾地表示："你这个幺妹儿长得乖，要是喜欢枇杷就好了，以后嫁给我儿子，这片林子都是你的！"

十六岁的我略显尴尬，妈妈在一旁笑得东倒西歪。春节期间走家串户的，眨眼间，亲戚朋友们全都知道了，见了我就拿枇杷打趣，我颇为苦恼了一阵。万万没想到，多年以后，我居然十分严肃地回忆起此事，内心充满了后悔，要是当初说喜欢枇杷就好了。北方气候恶劣，食物粗糙乏味，说起来，还真不如回到四川的乡下，守着一片枇杷林，享受恬然自得的山野之乐。要是真能回到1997年就好了，我常常打开那个帖子，悉心研读、比对，企图掌握穿越技巧。

对于我的努力，时光机器似乎显得无动于衷。我的人生轨迹毫无波动，在日复一日的军号声和队列番号间履行着一个军校教员的日常。一届一届地迎来新学员、送走毕业生，校园胖了又瘦了，我见过它最为人声鼎沸的时刻，也用我单薄的影子检阅它冷清的模样。陆军、海军、空军、火箭军，从东海舰队到北极边防，从西南边陲到青藏高原，不知不觉中，我教过的学生已遍及祖国各地。我时常收到他们的消息和照片，这些可爱的战士们让我享受着独特的知情权和各地的观光门票，尤其在除夕之夜，学生们会从天南海北发来祝福，有的在军区医院值班，有的刚站完夜岗，有的正与战友联欢，他们当中大部分都无法回家过年。

彼时的我，正和家人团聚，埋怨着从军二十年我渐渐只能见到老家春节那几天的模样。一个困扰我许久的事件，就发生在离沙发不到两米的博古架上，那里永远摆放着我入伍那年的全家福。照片里的我，又胖又圆，有些紧绷的军装与我略显不适的表情相得益彰，还有仓促中戴歪了的大檐帽，新兵特征一览无余。我一直不喜欢那张照片，每次见了都会偷偷换掉，可无论我怎么藏，第二年回家，它仍然盘踞在原地。对此，妈妈表示毫不知情，确认再三之后，她茫然的表情让我开始怀疑是时间在捣鬼。

仔细想来，疑点还有很多。譬如，每年春节，妈妈都把自己锁在厨房里，丁零当啷弄出很大的动静，做出来的却又都是老一套：腊味拼盘、甜烧白、咸烧白、红烧鲤鱼、红萝卜烧鸡、魔芋烧鸭子，还有老鸭汤，每一样都是一大盆。接下来就是无限循环地热剩菜、吃剩菜，热鸭汤的时候，妈妈有时会下一大把豌豆尖，前几日被动物蛋白热烈包围的我们仿佛看见了沙漠绿洲，转眼间哄抢一空。这些细节，每年都分毫不差。

小城似乎也一如既往。位处浅丘陵地带的川南小城，弯曲、倾斜的街道，叮当作响的黄包车，穿行在车水马龙中叫卖的小贩，各种声音与气息交织在一起，有种微醺的感觉。我和小伙伴漫步其中，欣赏着潮湿、阴沉的午后街景。它的样子我已烂熟于心，以至于每次再见都如同行走于梦境，仿佛从未离开。

我一直以为它就是我的家，唯一的家。

时光流逝，恍惚间，当我意识到自己已把它称作"老家"的时候，有种背叛的负罪感涌上心头，几乎在同一时刻，我发现，妈妈老了。她早就不是那个陪我打乒乓球还要换上新靴子、抹上红嘴巴的漂亮女人了，她开始把没有洗过的碗放进橱柜，开始省略生活步骤，开始说话啰唆重复，在岁月温和又残酷的缓蚀作用下，变得又小又旧。我轻轻拥抱她，居然感觉到一个小女孩儿在偷穿大人衣服，正如我的另一种讶异——老家的街道逐年变窄，居民区的两栋楼房像新生代的印度与亚欧大陆，越挨越近，眼看就要撞上了。熟悉又陌生的感觉，令我再次想起那篇帖子，我有点儿怀疑，时间机器是不是要准备工作了？

我开始心跳加快。需要说明的是，那并非激动，而是惊慌失措，因为，我已经不想回到1997年了。

细细想来，时间真的很奇怪，像一面哈哈镜，被它照耀着的我们，也显出些奇怪来。时间也像一位资深的滑雪者，我们的骨骼好比滑雪杖扎进雪地，紧随其后的便是刺溜刺溜轻飘的飞行。如果说时间只是个空壳，像什么得看你往里面装什么，那么我也许就此得到了答案。

我不要回到 1997 年。因为，装进去的东西我已经舍不得再掏出来了。我还要迎接新学员、送走毕业生，继续见证校园的胖瘦；日复一日地想家，然后回家过年；还要在除夕之夜，一条一条地回复学生们从天南海北发来的祝福，不管他们下一年能不能回家过年，在哪里值班，不管他们是在站岗还是联欢，我都拥有一份无法复制难以替代的殊荣，那是枇杷园主永远无法理解的樱桃。

去年春节，我回到老家，重复着上述一切，逗留三日就要匆匆作别。妈妈叫住我，把我引向她的卧室，神秘兮兮地拉开了衣柜，时光精灵扑面而来。

你们猜，我看到了什么？

一套旧军装——我学员时期的夏常服，那张全家福里的行头。说起来，这是属于军校女生的一份小心机，当年的冬常服特别肥大，塞棉服绰绰有余，颜色也不好看，放假回家的时候，宿舍的姐妹们都心照不宣地把挺括有型的夏常服放进各自的行李箱。当兵第一年，家里都要求把军装带回去。

是的，那年春节我就是穿着它在家人的簇拥下前往照相馆，一路保持着超高的回头率，中途还碰到了几个熟人，只好停下来接受围观。记得当时妈妈逢人便问："我女儿穿军装好看吗？"

好看好看，真是太好看了！我在心里大声回答。至此，博古架上的疑虑终于打消了。

列 兵 日 记

自 1999 年入伍以来,近二十年的军旅生涯几乎都在校园里度过,从一名青葱学员成长为执教多年的老教员,军装虽合身,却始终感觉差了些精气神。2018 年 4 月,陆军组织首批七百四十余名干部到基层部队当兵代职,很荣幸,我身为其中一员。在中部战区步兵某师防空团高炮二连,林鹏飞指导员亲手为我换上列兵军衔。由此,我回到了兵之初,为期一个月的列兵生活就此开启。

4 月 1 日

今早有升旗仪式,全员参加。集合时间是六点十五,闹钟没响我就醒了,为了保险起见我决定马上起床!虽已时值暮春,还是很冷,哆哆嗦嗦爬起来边穿衣服边琢磨,得抓紧时间洗漱,化个淡妆,口红稍微涂一点儿,然后叠被子、整理床单、物品归位……好一番忙活,待一切都收拾妥当,楼下还没有动静。坐在马扎上对着胖歪歪的军被发呆,当年读军校的时候,女生都怕叠军被,一开学就要去请刘师兄。这位刘师兄目光炯炯,话不多说,持一把篦子模样的神器来回比画,没等我们消化完他所有的动作,军被已变成豆腐块。每天晚上,我们都毕恭毕敬地捧起豆腐块,轻轻放至书桌,然后挤在内务柜前翻找各自的便被。

为了给我这个"新兵"腾出一间宿舍,整个无线班都搬离了四楼,女干部到连队当兵,显然添了不少麻烦。六点十分,哨声划破了宁静,整栋楼瞬间醒来——吼叫声,冲水声,跑着调唱歌的,叮咚咣当不知道在干什么的,总之,战士们将在五分钟内完成我花了半个小时才做完的一切。想到这里,我多少是带着些作弊的心虚摸下楼去的。中途撞见几个提着裤子狂奔的家伙,估计是被我这个不速之客吓到了。

一切都快了起来,转眼间,全团官兵集合完毕。庄严而熟悉的国歌,齐刷刷的军礼,亲爱的五星红旗。队伍里,所有的步伐遵循同一节奏,而震耳的番号中,已辨不出任何一个人的声音,仿佛置身大海,我深深感受到自己的平凡与渺小。说来惭愧,接近二十年的军龄,对于当兵这件事,我却还是个新手,真正的士兵生活应该从今天算起。

4月2日

今天,第一次走进装备库。按照惯例需要跑步进场,为了能跟上队伍，排在队伍末端的我尽量迈大步子，注意力都集中在了动作上面，全然不知即将踏入的陌生所在会给我带来怎样的震撼。穿过大门，我们换回齐步，步伐轻快地前往二连库区。

很安静，阳光暖暖的，机油弥散在空气中的特殊香味越来越浓，两侧车库有的装备已经开出来，有的库门紧闭，战士们三三两两忙活着，大概是眼尖的战士发现队伍中混入了一个女兵，忙碌的手突然僵在那里。他们当中开始有人窃窃私语。毫无征兆地，一台我还叫不出名字的大家伙忽然发动，紧随其后的巨大轰响连同排烟孔里猛然喷出来的黑烟仿佛一种示威，得意地向我炫耀着铁拳与肌肉。瞬间，我有一种闯入男人世界的兴奋与新奇。

到达二连库区之后，连长安排了训练任务，战友们各自带开。指导员领着我逐个认识装备，炮车、导弹车、指挥车、运输车、装填车。第一次近距离接触这些战斗装备，我不断地问这问那。指导员一边耐心作答，一边劝我："别着急，有的是时间。"好奇与新鲜感令我不断站到它们面前，一遍一遍感受着那高大身躯带来的令人窒息的压迫感，这一头头沉默的猛兽，刚硬却并不冰冷。伸手轻抚它们粗糙的表面，履带上斑驳的挂胶，指尖传来它们碾压一切的威严。

4月3日

来连队第三天我就请假了。这次当兵代职，因为诸多现实问题，我纠结、焦虑了很久。后来，在亲友和同事的鼓励下，我下定决心，既然是来当兵锻炼，那就严格要求，尽自己最大的努力。可是，今天从早上五点半起床到现在，集合跟队出早操、吃饭、训练……感觉整个人都要散架了，好不容易才撑到晚饭时间。这里需要介绍一下我们的连长魏中昆同志，一位作风严厉的年轻上尉，不苟言笑，实际上笑起来很甜，牙齿也白。虽然他很帅，很像郑恺，却在晚饭前残忍宣布：今晚夜训，七点楼前集合！

"啊——"

连长闻声眉头一紧，我伸了伸舌头。没错，那个感叹词是我发出的。

夜训就是在微光环境下进行常规训练，平时练什么夜训就练什么，同一个标准，是的，完全不开灯，一般是十点结束，当然，有时也会训到十一二点。听完林鹏飞指导员的介绍，我拿定主意，虽然对夜训充满了好奇和期待，还是循序渐进有个适应过程比较好，委婉道出请假意图，教导员十分爽快地同意了。我趴在窗台上目送着战友们集合完毕，这是一天之内第四次被带往库区。

其实，今天已经收获颇丰了。在战友们的悉心介绍下，我了解了双××自行高炮炮车和红旗-××导弹连指挥车的内部情况。更令人兴奋的是，我开坦克了！准确地说，是体验了一把履带驾驶。每天看炮车出库入库，履带驾驶员们精准的操控技术令我崇拜不已。上午，林指导员带我去综合训练场，为我安排了一次驾驶体验。听李文班长做介绍的时候，我感觉把握十足，类似手动挡汽车的操作似乎没什么技术难度。可等我真正坐进驾驶舱，整个人瞬间就被汗水淹没了——发动机吞噬听觉的轰响，无法遏制的近乎疯狂的摇摆，强大力量操纵在手中的不可描述。

颤颤巍巍地绕着训练场开了三圈，始终被这种不可描述所包裹，震颤之下，我对速度有了更深的理解，对坦途与弯道也刷新了认知。一格一格地，履带在我的指令下更新着土地的痕迹，阵阵翻滚的黄土充斥周围，平时几无知觉的呼吸眼下变成一件具体、紧迫的事。这是世界的另一面，也是我们绕不开也躲不掉的路。写到这里，鼻腔里还弥漫着尘土的腥涩。

连滚带爬地从装甲车里出来，我望向偌大训练场的远处，战士与战车就这样一天一天地彼此较量着。他们也经历过像我一样的狼狈时刻吗？也许，从胆怯犹豫到娴熟自如，战士首先得战胜自己，才有资格与战车对话。

4月4日

今日强化训练。

清晨六点，荒漠迷彩、战靴、单兵携行具、凯夫拉、九五步枪，带着些许兴奋与期待，我穿戴齐整，和战士们一起集合在行军的队伍里。预报中的雨夹雪没有按时到来，红彤彤的朝霞拉开了高炮营强化训练的序幕。

训练的第一阶段是武装行进，披挂整齐的队伍要走出营区，穿过村庄，穿过公路，穿过集市，完成六公里行军。考虑到我体力弱，魏连长取消了我的背囊，即便如此，还没走出营区大门，我就喘不过气来了。头盔沉重，像一只大手摁在头上，只觉得腰酸腿疼，迈不开步子。我问旁边的单锋班长："咱们走了差不多有一公里了吧？"这位来自云南的四级军士长十分惊讶："没有啊，才刚开始！"我有些脸红，一边努力调整呼吸，一边给自己鼓劲：坚持住，千万别掉队。

我们在乡间小路上逶迤而行，负责摄像的暴帅为了抓拍到精彩镜头不停地跑前跑后，几十斤的背囊丝毫没影响他轻快的步伐，作为无线班班长，他还比别人多背一个电台。我忍不住问："你们不累吗？""都一样的。"张立斌班长回答。环顾四周，战士们努力将身体前倾，以克服背囊沉重的后拉力，大颗的汗珠从脸颊滚落，有的面色通红，有的嘴唇干裂。看来，每个人的每一步都不容易。

我咬着牙紧跟队伍，战友们不时的调侃缓解了我紧绷的神经，终于熬过了最难受的阶段，我的身体开始冒汗，步子开始变得轻松。进村了，乡亲们站在自家院门口，和战士们打招呼，还有调皮的小孩儿伸出手想摸一摸枪。人来疯的中华田园犬拼命摇尾巴，冲着队伍狂吠，气氛被它们扰得生动又热闹。转念一想，我们眼下所做的不就是为了保卫这一座又一座平凡的村庄吗，这些憨态可掬的小狗自然也包含在内。每过一个路口，都会暂行交通管制，队伍像一条富有跳跃节奏的动脉，从让行的车辆前快速掠过。

返途行进至营区北门，肖营长突然下令：卫星过顶。大家迅速就近隐蔽，我也跟着战友们奔向路边的荒草地，没头没脑地趴了下去。身上沾满了杂草和泥巴，心里却十分开心，六公里行军，我终于坚持到了最后。

回到团里直接拉往综合训练场，连长举着对讲机不停地呼叫着，科目一个接一个不间断下达。这些对我来说个个新鲜，捧着笔记本跟在连长后面问东问西，还饶有兴趣地企图展开讨论。眼见连长在对讲机、战士和我之间渐渐败下阵来，指导员赶紧把我拉到一边，指了指运弹车："周姐，去休息会儿吧。"一时间我有点儿尴尬，看来心细的林鹏飞同志早就发现了我"偷懒"的小把戏。扭头一看，连长正冲我露出郑恺式微笑，二人真是配合默契啊。在这当口儿，营长也过来了，笑起来有两个酒窝的肖磊同志表扬我全程参加行军很坚强，同时体恤我承受不了那么大的训练强度："午饭后就回宿舍休息吧！"对于这样的恩赐，我乐意接受的同时又觉得有些汗颜。

无论是在库区还是训练场，运弹车驾驶室的后排座位都算得上是头等舱，宽敞舒适，采光好，还有空调。正巧张立斌班长完成了当下科目，我就招呼他上车，询问运弹车的情况。时间一点点挨过去，终于看到炊事班的英雄们拎着家什上场了，埋锅造饭！大家都来了精神，我也跳下车去参观顺便帮忙或添乱。一阵手忙脚乱，米下锅了，排骨也炖上了，转过身来，便看到了二连的几名战士。

他们盘腿坐成一排，安静地喝着头天从服务社买回的大瓶可乐，身后是他们朝夕相处的炮车。见我过去，他们赶紧抓过作训包给我翻找零食。我注意到他们的手——我见过无数双手，羡慕过那些修长的、细腻白皙的手，而眼前的这些手，是帮我调整头盔带的手，是替我解开装具的手，是关节粗大、流着血的手，是带着永远无法消退的疤痕的手。此刻，这些手是如此坦然，如此从容，看上去是如此的美。

坐在旁边，他们神情严肃，嘴里有一搭没一搭聊的却是绝地求生啊女朋友啊之类。这帮家伙！转而我心里升起一股难舍的情绪。当兵代职后，我们也许再无机会重聚。更久远的以后，他们会陆续奔赴各自的人生，当未来的苦痛挫败如期而至时，会不会想起这个清冷的上午，七个人一起度过的短暂时光，会不会记得我们的手曾经这样自如地抓取过生活的片刻——那些食物的滋味，拆开的零食袋上的反光，大口喝下饮料时的快意令双眼不由得眯缝起来，还有饮料瓶在彼此之间传递时掌心感受到的细微温差。

4月8日

从今天开始，为期七天的装备换季拉开了战幕。五点半起床参加全团的军容风纪大检查，早饭后统一带到装备库。按照计划，第一项内容是观摩炮车的某个换季操作，一连的四名战士为我们进行了规范演示。其中一名负责讲解，其余三名实操，加之营长和装备处干部的点评，耗时四十分钟，观摩人员全程跨立。作为其中最一无所知的一员，我竖起小天线，努力接收着那些完全陌生的新技能，与此同时，警报频仍，身体各处纷纷亮起疲倦的小红灯。

终于，营长下令："各连队带开！"我长舒一口气，赶紧爬到运弹车上去晒太阳，冻得直哆嗦的身体开始回温，大脑也慢慢恢复了运转。看了会儿书，就遇到团机关干部来巡山，急忙下车同他们机智问答，没多久，营主官也组团来了，我又赶紧爬下来。指导员告诉我，团里第一次有女干部来见习，所以全团上下都"盯得很紧"，对此我多少有些郁闷：真把我当成一个麻烦啊？！索性不再上车了，跟着张立斌班长当学徒。作为列兵，我只能做最简单的工作：给脚踏除锈，裁剪抹布，用液压杠杆起放车头。信心满满地开工，结果状况百出，没想到，这些看起来再简单不过的事情也有很多门道。半天下来，发现班长们个个是全才，什么都会什么都懂。

逢年过节亲友团聚，谈笑间，我的军人身份常被调侃：你们这些傻当兵的！虽是玩笑，我也全力反驳，捍卫军人的尊严。但从内心来讲，一直觉得军人和当兵的还是有区别。真正到了连队，才发现"当兵"可不简单，军营生活，做人做事皆有标准和规矩，从列兵到上等兵，每一个战士都必须经历全方位无死角的锤炼。许多时刻令我倍感惭愧，列兵军衔戴一个月明显不够。

4月9日

又降温了，上午跟随连队继续装备换季。一期士官程明炫听口音像是东北人（后来才知道他来自石家庄），嗓音略带沙哑，瘦瘦高高的，十分耐心温和。年纪轻轻就有这种不紧不慢的状态真好，不管我问什么，他都沉稳地一一作答，也没有多余的话。

训练中途我想上厕所，低头瞅瞅自己的列兵衔，作为新兵，上厕所是不是也应该先跟班长请假？路过维修库，正好碰到他们在检修雷达系统，我就跑过去报告。李班长先是一愣，随即望着远方陷入了思考，老半天才点点头："去吧，注意安全。"我也故意拖了拖，慢吞吞应了声："哦。"从厕所出来，发现陈辉守在门口，一问，是李班长派来给我站岗的——库区根本就没有女厕所！

作为列兵，我被编到一排二班，班长李超给我的最初印象是一个超级严肃的孩子，语速特别慢，戴一副黑框眼镜，脸上有些青春痘。记得报到那天，指导员带我去班排跟大家见面，他态度十分生硬，说话跟机器人似的。但是干活儿的时候就完全不一样了，面对装备庞杂的构造、千头万绪的连接线，还有密密麻麻的按钮指示灯，李班长变身了，灵活自如地钻进钻出。当他爬上高高的炮塔给新兵们示范，那一锤锤敲打、拆装的画面竟让我感受到一种艺术家的气质，仿佛在他手里，那些程式化的分解动作，还有坚硬的立场分明的模块都具备了某种可塑性。

站在炮车前面，我学着引导员的样子，抬起双臂为炮车引导，我左手朝左指，履带就真的往左边调整了一个幅度，当我掌心朝前推，炮车就在巨大的喘息中缓缓后退，回到了它的库位。

4 月 10 日

和战士们熟识起来，尬聊的气氛也逐渐被更为融洽的交谈所取代，许多人的印象都被频频刷新。我想，他们也在慢慢接受我，作为一个努力向列兵看齐的"老兵"，也许我的认真和坚持并没有白费。训练间隙，和营教导员王伟聊了会儿天，了解到他们作为基层干部的诸多不易，也对"盯得很紧"这件事有所释然。

晚饭后抓紧时间整顿纪律，饭前一支歌有个别战士不张嘴，结果全连被罚唱了五遍。其间有人推开门，一看在开会又退了出去。谁呀？我捅捅旁边的殷鸿伟，他看了看排长，在笔记本上写下三个字：赵志国。早就听说连里有个准备提干的战士，正在封闭学习，就是他。我赶紧打报告追出去，想和他聊聊。这位 1996 年出生的年轻人邀我去连值班室，讲述了一段催人奋进的逆袭故事。

当年，自知高考无望的赵志国偷偷学了烧烤手艺，准备和几个哥们儿合伙自食其力，他的信条是：可以坏，但不能认孬。机缘巧合当了兵，班长的道理更为直接：要干好好干，不干拉倒！不认孬的赵志国听完点点头，于是，第一年当通信员，顺便学无线；第二年学履带驾驶，顺便把炮手、车长都学了；第三年荣立集体三等功；第四年入党，荣立个人三等功。他告诉我，从新兵开始，每一年都给自己定一个目标，本打算五年之内达到提干要求，没想到去年双收。就这样，短短四年间，一个原计划去内蒙古做烧烤生意的山西小伙儿，潇洒集齐了所有龙珠。赵志国是临时回来拿书的，我不忍再浪费他宝贵的时间，看他眼睛里涌动着坚定而火热的光芒，相信他一定能成功。

八点半了，我急忙往库区赶，今晚有夜训。记得指导员说过，夜训不开灯，果真如此，穿过空旷的中心广场，二连库区默默蛰伏在前方巨大的黑暗中。太安静了，不开灯也不等于不说话啊，走到跟前才发现库门紧闭，一个人都没有。战士们去哪儿了？门岗告诉我，二连刚带走，临时有公差任务。沮丧陪着我慢慢走在回去的路上：两次夜训，第一次请假，第二次扑空。

4月11日

今天向范班长请教炮车的驾驶方法，没有实操，只是坐在驾驶舱一边听一边想象。后来又自诩老司机，跟张班长讨论手动挡与自动挡的区别，颇为费劲地在脑子里模拟如何把运弹车移出车库。装备换季有很繁杂的事情要做，我也不好意思再去烦扰他们，坐在马扎上看大家忙碌着，发现每个战士都是那么专注。

说不清楚为什么，越发对高炮二连有了感情。这个从红军时代延续至今的连队，用实际行动传承着红色基因。很光荣，能走在二连的队伍里；很幸运，我也是二连的兵。全连上下，无论是稚气未脱的一年兵还是已经老态初现的四级军士长，个个都充斥着令人惊叹的蓬勃朝气与活力。昨天，赵志国对我说，他很爱自己的连队，它一直是向上的，大家都很齐心。他能准确复述出老班长和指导员曾经赠予他的人生格言。有些权且可以归作粗野的鸡汤吧，但我能看出，朴实与粗糙中的那些营养都被他认真汲取了。

中午带回时，路过一连，听到有人嬉皮笑脸地喊"犯贱男"。我一愣，谁这么嚣张？跟谁打招呼呢？队伍里小范正佯装生气，连连摆手制止哥们儿的胡闹。范剑楠，这个名字太容易被调侃了，已是四级军士长的他在团里颇具知名度，平日里被人唤作小范，奇怪的是，文书贾慧东比他年轻多了，长得也白净，连里从连长、指导员到战士却都习惯叫他老贾。小范健谈，跟指导员聊爱情，跟连长聊择偶标准，跟战友们畅谈离开部队之后的人生规划。这是一个热情乐观又极具生活气息的老兵，我特别爱找他请教炮车的有关问题，对于一个完全陌生的领域，我自然是想到哪儿就问到哪儿，问题难免又多又傻。被问烦了他就会想办法转移话题，夺取话语权，正好我也问累了，乐得听他谈天说地。有一天，他郑重其事地告诉我："我有一个双胞胎弟弟，是警察。"我有些诧异，范班长瘦瘦小小的个子，皮肤偏黑，长相倒还算秀气，就是有些显老了，1988年生人，看上去好像经历了很多沧桑，这样的形象，很难想象另一个和他差不多样子的兄弟。其实，要论履带驾驶，不得不提到另一位老班长，从59式坦克到99式坦克，再到眼下的炮车，同为四级军士长的句红卫拥有傲视群雄的十五年履带驾驶经历。好玩儿的是，句班长有一张十分可爱的娃娃脸，当娃娃脸戴上坦克帽，就真的成了洋娃娃，不得了，跟他那不怒自威的老兵气场颇有些自我拆台的剧情冲突。

从1日到今天，十一天了！我想说的是，基层部队的生活绝不能简单地用"艰苦"二字来形容。我觉得累，是因为我尚未具备一副合格的士兵身体。在我看来，连队生活有着颇具仪式感的浪漫基调：男人的世界，一种用实力说话的游戏规则，统一着装之下轮廓分明的血肉，以及人各有志的男儿情怀。

4月13日

昨天请假，一天都没去训练场。

看完《新闻联播》我去一排找李超、暴帅、范剑楠聊天，想多了解些战士们的生活状况。刚进入话题，贾班长抱着一堆表格进来通知大家填表。索性去训练场跟着大伙干活儿，先是缠着郭天宇问炮栓的问题，他手里活儿也不少，但是没办法，耐着性子给我讲了半天。后来我又主动要求刷漆，范班长不放心，说是要陪我，其实是监工，刷哪里，避开哪里，哪些部分刷银色，哪些又该刷黑色，特别细致讲究，像在化一个无比精致的妆。我把这个比方说出来，立刻遭到范班长训斥："别闹！好好刷，注意那个接头！"

中午吃饭时突然情绪低落，饭也不好吃，加之来连里快半个月了，每天这么关着憋着，快坚持不住了。看来，要在基层连队扎根，长久待下去，确实需要相当大的毅力。不知道战士们都是如何克服的，每天吃苦受累，在规矩和压力之下艰难成长。

刚来那天，指导员叫我坐连部那一桌。我以为跟学校一样，拿盘子自助就行，等我打完回来一看，连长和指导员的盘子还空空如也，原来连里打饭是先战士后干部。我有点儿尴尬，也着实被这落到细节之处的官兵友爱感动了，战士们训练强度大，饭量也大，轮到干部打饭的时候，菜往往不多了。知道了这个规矩，我也跟着连部最后打饭，吃多少打多少，绝不浪费。今天中午我见只剩一个梨了，就没有拿。饭后崔修国塞给我一个，笑嘻嘻地说："教员，这个给你。"

刚满十八岁的崔修国是二连年龄最小的战士，我来连队报到那天正赶上他坐岗，黑黑瘦瘦的，一双大眼睛稚气未脱，怯生生地站起来，问什么答什么，说话声音跟蚊子似的，指导员只好在旁边充当翻译。一直感觉大家都特别照顾他，给他额外的关心和帮助，只当他年纪小。有一回我去找李超班长，正好碰到他在宿舍叠衣服，就坐下来聊。崔修国从小就是个淘气包，父母离异后，跟着爷爷奶奶生活。我重新打量他，看着这个端坐在小马扎上人畜无害的男孩儿，很难想象他组织一群小孩儿把老师家的窗户玻璃全部砸碎的情形。小崔告诉我，新兵报到的第二天，妈妈就从黑龙江老家赶到了驻地，在离部队不远的地方打工，母子俩就这样得以相守。

人生之艰辛往往在经历时并无察觉，可谁又能止得住多年后涕泪俱下的唏嘘。我没有再多问，不料他倒打开了话匣子，给我讲当兵之前都去过哪里，打过哪些短工，讲指导员每个周末都尽量给他批假，让母子二人相聚。

4月14日

下午跟着炮车去洗车场，洗车过程令我感触良多。本以为炮车不比私家车，犯不着费劲仔细，拿水管冲冲浮尘就完事了。范班长、汪卿却不厌其烦，挡泥板全部拆下来刷，底盘各个表面、履带和挂胶的缝隙都要冲洗到位，汪卿还跳下地沟探进车的底部，不留死角。我试了试，高压水管有很大的后推力，必须费劲地捉住随时会飞出去的管子，再想办法稳住，让它听从使唤。水柱打在炮车上，噪声巨大，溅起很高的水珠，他俩挽起裤腿脱了鞋，忘情地忙活着。为什么用忘情这么夸张的字眼，因为我真切感受到他们对炮车的爱，那种精心呵护，是穿着沾满了机油污渍的作训服的战士发自内心的温情。

汪卿话少，是一个只顾闷头干活儿的家伙。整个装备换季期间，我目睹他的作训服从白天到晚上的变化——越来越黑，机油与尘土混合而成的油泥一层复一层。到第三天的时候，从前胸到大腿一整片黑，已经看不到本色了。我忍不住提醒他晚上把衣服洗洗。他果断拒绝，要等换季结束再洗。后面几天我也不劝了，就看着他小飞龙似的在炮车里钻进钻出，那种身心投入的状态渐渐干扰了我的视觉判断，仿佛作训服就该是他那种颜色，当然，那种掺和着金属、机油的汗味也是理所应当。

回程路上，本想驾驶炮车开一段直道，不料最后关头，连长突然出现，策划了一下午的阴谋惨遭扼杀。

4月16日

最近，团里正热火朝天地选拔人才，备战师里的军事运动会。下午全连带到五公里终点线给马虎加油，作为二连的体能尖子，壮实的马虎今天成绩不佳，让导弹连一个天赋异禀的新兵拿了第一。唉，说到天赋，前两天家里来电话，说小黑子参加了二百米跑步比赛，问他跑了第几名啊，他伸出三根指头。一共多少人比赛啊，还是三根指头。果然，他成功地遗传了我毫无运动天赋的基因。回想高三那年，班里没有女生报一千五百米，我热血沸腾站起来表示要为集体的尊严而战，结果等我跑到终点，裁判员都收摊儿了。和基因斗，真是其乐无穷啊！

　　下连当兵，众多亲友最担心的就是我的体能。防空团的跑道周长为一千七百米，五公里需要绕三圈，此为背景。自从我来之后，高炮二连的五公里通常会出现这样的情形：首先，一个完整的方块队列正跑步行进，只是最后一排那名女战士稍显滞后，在跑出去三百米左右女战士就会喘着粗气大喊："程班长，让前面的压着点儿步子！"但是效果十分有限，跑至约七百米处，女战士意识到压步子也解决不了问题了，这个时候，如果出动一台摄像机对女战士进行跟拍，作为景深的方块队列会越来越模糊，过不了多久，镜头里的女战士就会停下来，不是要拍特写，而是队伍已经转弯了，看不见了，跟丢了。

　　这位女战士秉持革命乐观主义精神，信奉循序渐进的科学原理，只要每天多跑一百米，总有一天能跑完五公里。

4 月 17 日

上午去找王教导员汇报思想，得知下午要打靶，我积极要求参加。午饭后抓紧时间休息，醒来一看快两点了，赶紧下楼，主官们正熟悉枪支呢。我急匆匆穿上装具袋就要走，张定坤叫住我，仔细帮我调整了背带，果然舒服多了，然后又帮我检查手枪、弹夹。准备完毕，赶紧拜师。我手劲小，加之没有打过手枪，虽然 92 式的操作非常简单，我还是格外谨慎，一遍遍地请教、练习、确认。

教导员见状反而不放心了，问我："你不会有什么思想问题吧？"什么？我万分疑惑，难道担心我要开枪伤人？王伟同志歪着头作审视状，看样子要反悔了。其实，作为营主官，时刻保持警惕没错，毕竟这是实弹射击。面对他这种半调侃半认真的质疑，我也没理由生气，便向他保证："老党员了！一切行动听指挥！"教导员听罢也不再多说，大手一挥，大伙儿便背起枪，威风凛凛地奔向靶场。

怎么说呢，紧张又兴奋。但是必须承认，有那么一小会儿，原先满心的期待几乎被恐惧带来的放弃念头吞噬殆尽，我坐在马扎上，不远处正在进行步枪的卧姿射击，响声巨大。我想我的紧张此时一定是一台丢人的放大器。轮到我们了，参谋长首先强调靶场纪律，接着宣布科目，一轮步枪两轮手枪。我一听乐了，还有步枪呢，兴冲冲地请三连的刘月连长教我。他也挺热情，见我没有背步枪，赶紧借来一把，摆开阵势给我讲解起来，正学得起劲呢，教导员扭过头直冲我摆手："步枪你就别打了，打打手枪得了！"

于是又还回步枪，乖乖坐着目送大家排队领子弹。一会儿工夫步枪射击结束，该手枪了！营长和教导员专门把我调到他俩中间，对于这种做法，我们来试着揣摩一下——大概是身为主官的那种担当精神和牺牲精神，革命英雄主义？万一我要伤人，就尽管先伤他们好了，借此保护他们的手下，想到这里我暗自发笑——内心戏会不会太多？

领子弹，我伸出手去，五枚小小的子弹，摊在掌心几乎感觉不到重量。压子弹，我有些不得要领，左右求助，胖乎乎的营长和始终没有放弃对我的质疑的教导员都热心地帮我检查。站在靶位上，我深吸一口气，告诉自己，要真正开始了。冷静地回忆着操作流程，左掏弹夹，右掏枪，左手用力向上推，咔一声弹夹顺利装入。然后开保险，拉栓。我手劲小，他们最担心的就是这个动作。"枪口不能对人！"我反复提醒自己。

由于没能正确预估后坐力，第一枪打出去，枪口朝上飞了有十多度吧，因此我推测这极具历史意义的第一枪应该是直接打在了后面的斜墙上。之后四枪对后坐力有了思想准备和力量准备，自我感觉还不错，打得也快。啪啪啪啪！刚结束，参谋长迅速出现帮我验枪，速度之快实在是令在下佩服，估计他也不放心，脑子里预演着各种突发情况，埋伏在我身后，时刻准备着。验靶员告诉我只上了两发，不过还好，都是九环。我明显感觉到，第一轮打完之后，营长和教导员对我放心多了。第二轮成绩有所进步，上了四发，两个九环两个八环。

4月18日

来团里十八天了，今天第一次穿常服，制式高跟鞋快要把我击垮了！这得感谢航天二院的领导们，团里要和他们签一个数字化营区建设的合作项目，据说是全军首家。大家都很期待，但是没有更具体的介绍，也不知道该往哪个方向去期待。

等待的时间就像蚂蚁爬，你很难说清楚它是在前进还是在后退。其间，贴心的值班员让大家稍微放松了一会儿，我就拉着旁边的李超班长聊天，这位大学生入伍的下士其实也挺健谈的，主动爆料自己当兵前有过二百斤的吨位。我淡定地把这个数据记录下来，随着对战士们了解的深入，对他们当兵前后巨大的反差也不会太过诧异了。

今晚夜训，不能再错过了。

晚饭后我就穿戴齐整去连门口专等集合，坐岗的是一年兵鞠波，我凑过去看了看，不错，今天的脸还算干净。大脑袋、眼神蒙眬、有点儿闷头闷脑的鞠波，战士们都爱叫他大头。汪卿是衣服黑，他是脸黑，印象中，他的脸就没洗干净过。时不时额头上还鼓个大包，也不知道在哪儿撞的。大头训练特别认真，肯吃苦，干活儿也踏实，就是有些不得其法，常常急得老班长们直叫唤。有一天我见他拿肥皂洗脸，那些黑想必都是从炮车上沾的机油，清水洗不干净，就提醒他用热水，洗完了抹点儿油。结果大头说："就是要把油洗掉，为啥洗完了还要抹？"

傍晚的库区有一种安详的氛围，黑夜就像魔术师水杯里从无到有的墨滴，一点点扩张，直至吞没了所有的光。月亮隐进厚厚的云层，指导员说，今晚比平时更黑。初夏的夜晚，华北平原上的人们都在干什么呢？散步，写作业，酒驾被抓？不知夜色下的无数种浪漫里，卧姿装弹夹算不算其中之一。作为最令人头疼的新兵，我生硬笨拙的姿势惹得陈辉都笑出了声，同为新兵，胆子也小，小陈同志的动作可比我干净利落多了。魏连长不留情面地否定了我对水泥地太硬的批判："地是死的，人是活的，你得抓住动作要领。"我豁出去了，一遍一遍练习站姿到卧姿的转换，魏中昆同志大声呵斥："目视前方，要有敌情观念！"

太难了，一个三秒钟的简单动作，需要调动所有的肌肉群，需要忍住骨头与硬地的撞击，需要眼睛也需要速度，需要用无形的标尺卡住那个准确的距离。指导员也过来了，大概是想安慰我吧。其实，对于一个总也练不好的动作来说，除了练，实在没有什么可安慰的。

指导员告诉我："夜训，就是要把战士的手练成鹰的眼睛。"

4 月 20 日

在连队日常中，战靴和迷彩鞋需要来回换穿，四楼太难爬了，为了脱换方便，我就把换下的那双放在连值班室，后来喝水杯子也一并寄存，训练带回很快要开饭，腰带帽子索性也放在贾班长的上铺，一来二去，连值班室就成了我集合前的"衣帽间"。战士们的手机都锁在柜里统一保管，谁有急事临时想用一下，都得来值班室找贾班长。因此，"衣帽间"也是我了解战士生活的另一个窗口，他们的身份，远不止军人。身在军营，手机是同外界联系的重要纽带，在一遍一遍的呼叫声与忙音中，他们是儿子，是弟弟，是父亲，是男朋友，乃至更多。

大学毕业入伍的贾慧东是连里的文书，也是战士们当中对我说话最不客气的一个。战靴、迷彩鞋、杯子，连同腰带、帽子，我的每件"寄存品"都被他批评过，摆放不到位，形态不规范。有一次我找不到腰带了，贾班长黑着脸从柜子里拿出来，严肃地警告："下次再不合拢放军被左侧就给你扔了！"我有些恼怒，通信员张定坤在旁边偷偷地笑。从一开始战士们对我敬而远之，到现在越发把我当作自己人，我十分珍视这份艰难建立的战友情。熟识之后，有叫我周姐的，还有叫我周班长的，我都照单全收。不过，面容清秀的新兵小张一直都很礼貌地管我叫周教员。

时间过得真快，一个月的连队生活已经过去了三分之二。我惊讶于自己的转变，过去在学员队代职，每一天都觉得太漫长了，巨大的无所适从感让我从身体到心理都十分痛苦。这次下到连队却完全不同，我想大概是我带着学习和写作的目的，要充分体验基层生活，要了解真正的基层。昨天和大学同学张浩有一番充满正能量的聊天，并且，我还怀着鼓励大家的心情把聊天截图分享到了朋友圈。这种变化也让我吃惊不小，不知道从什么时候起，我已经脱离了那种慢性自杀般的消极状态。张浩说：喜欢加用心。我秒回：热爱加坚持。这戏精般的对话却是无比真挚的心声。

4月24日

下午理论学习，按照连里给我量身定做的当兵计划，我要给战士们上一堂心理行为训练课。这个课，在学校给学兵们上了三年了，作为跨学科任教的教员，不断加强理论功底的同时我也努力积累着实践经验。其实，到了基层就不难发现，从连队主官到稍有资历的老班长，个个都算得上是心理学的实践者，所谓带兵艺术，很大程度上都归属心理学范畴，只是很多时候当事者不具备理论认知。林鹏飞指导员对这方面很感兴趣，正在全力备考国家心理咨询师，还准备筹建一个心理行为训练场。

受时间和场地限制，我决定抛弃完整的授课流程，直接带战士们做几个游戏，权当训练之余的放松。破译密码、七手八脚，这些看似简单的挑战却让他们体验了意外的失败。自画像的环节是我临时加的，二连的当兵生活只剩下一个星期了，要离开这些可爱的战士们，实在不舍，出于私心，想把他们的自画像收集起来当作纪念品。让我意外的是，好多战士迟迟无法下笔。我们常随意涂鸦，画风景画怪物画几何图形，却很少画自己，仔细想想，画自己真的很难。我是谁？郭荣财在 A4 纸上写下了这三个字。张立斌班长第一个交卷，我看到一个海边的场景，沙滩伞下有两个模糊的小人儿，我问哪个是他，结果张班长说他是那棵椰树。陈辉的也很有意思，画面上有一个穿军装的人，但是头部每个器官都是用汉字代替的，旁边还有一个头，倒跟他本人有几分像，见我疑惑，他嘀嘀咕咕地想解释一通，我便鼓励他，要说就站起来大声说。"是！"新兵小陈迅速站了起来，用明显加大了音量的声音阐释了自己，表达有些混乱，但我相信大家都听明白了，一个十九岁的年轻人想努力当个好兵。

4 月 28 日

即便五一小长假已近在咫尺，也不影响战备拉动按计划进行。我没有战位，只能跟队观摩，战士们全副武装，打好的背囊静静立在墙边，等候某个时刻的来临。终于，升至一级战备了！战友们个个神情严峻，各就其位地奔忙起来。

一排负责生活物资装车，李超和程明炫两个大个子嗖地登上运输车，接应着战士们不断托举起的物品，一切都在有条不紊地进行。突然，一个纸箱子散了，单兵自热食品撒得到处都是。暴帅和崔修国赶紧将它们拢到边上，为传输通道扫清障碍，车上的程班长也移到同侧，散纸板已还原成了箱子，其他战士完全不受影响，继续着各自的工作，全程没人说话，更没有人停下来，默契得就像预演过这场意外。惊叹之余，我很好奇这种默契是如何练就的。当然，我也好奇那一堆行李包，不是已经有背囊了吗？连长说里面是冬天的衣服。部队一旦拉出去，就不知道要打多久，所以四季的衣服都要带上。与此同时，库区那边，炮弹正被填入主弹箱。炮车旁持枪站立的段桦满脸汗水，已是初夏了，引道旁的草地上有黄色的野菊盛放。我从没见过如此火热的场面，所有跳动的头盔牵引着所有跳动的热血，所有的轰响交织成了战前动员的背景音乐，要将一切进行到出征前的那一刻。

科目结束已接近中午一点，肖营长趁热打铁，又召集骨干进行现场讨论与讲评。集合开饭发现少了人，句班长不在。殷鸿伟小声地问："是不是还在战斗舱里？"炮车出发前所有舱门都要关闭，里面根本听不到外面的动静。句班长一定会在他的舱位上待命直到舱门被战友敲开。

如果说一开始我逢人就叫班长是为了更快地适应"列兵"的自我定位，那么随着时间的推移，每一声班长里所蕴含的认可与尊重都在与日俱增，那是发自内心的致敬。

4月29日

虽说是假期，一大早战士们就扛着铁锹干活儿去了。妈妈和小黑子来团里看我，接到他们正是午饭时间，在指导员的热情邀请下，祖孙二人也体验了一把连队伙食，妈妈钟情食堂的纯手工馒头，小黑子也乖乖吃完了盘里的所有饭菜。

今晚营里组织烧烤，大伙儿聚在一起准备各种食材，永远锁定新闻频道的大屏幕此时正放着喜剧电影，花生和毛豆已提前煮好，嘴馋就抓一把先吃着，不分大小王，真是难得的悠闲。

五点了，战士们开始摆烧烤架、搬桌椅，各连的音响设备也陆续就位，调音试话筒，各种曲风此起彼伏地开始了较量。怎么不见咱们二连的？正着急呢，就看到架子鼓和吉他正往外搬，平日里几乎不说话的李金林原来是个摇滚青年，架子鼓前坐定，有模有样。学霸赵志国也暴露了他的另一个身份——麦霸，整晚他都无心吃喝，一直盘踞在麦克风跟前。

指导员料事如神，大家全都挤在炭火前，事先摆好的行军桌沦为垃圾回收站。个个都想一试身手，新兵们根本轮不上，倒也乐得偷闲吃现成，一会儿就吃撑了。人们总是无法理智地评估自己的厨艺，这个怪现象始终困扰着我。就拿烧烤来说，其实这是一项充满知识点、技术难度高还需要注入激情与灵感的综合性科目，但是每个热爱烧烤的家伙都自认为烤得一手好串，我从程班长、贾班长一路品尝到单班长、句班长，不是太咸就是滋味平平，毫无精彩之处。要命的是，当每位班长端着大师架势老练地把串递过来，都带着一副"吃吧，错不了"的自信。"太咸了！"我要求退货，程班长正镇定自若地烤着又一批新作："不会吧，你再吃吃，不咸不咸！"我不甘心，去请赵志国出山，这位是连里唯一经过专业烧烤培训的，但是没有大师肯让位，麦霸无奈地耸耸肩又回去继续嘶吼了。

天已经黑完了，彩灯毫无章法地闪烁，各连的战友们开始串桌，人头聚集的地方会突然爆发出一阵哄笑，音响之间的斗法渐渐演变成协奏曲，这场烧烤好像会无休止地持续下去。从昨天到今天，有好几个战士问："周班长，这个月结束你就要走了吗？"我半开玩笑地反问："你们是不是早就盼着这一天啊？"

4 月 30 日

晚上点名结束，指导员提醒我："周姐，明天你可以换回中校军衔了。"我内心竟十分抗拒，三十天的列兵生活就这样稀里糊涂地走到了尽头：一个兵，凭什么从细细的一条杠走到金色麦穗加步枪；一名战士，又应该经由怎样的磨砺才能成长为军人。我还没有找到答案，说实话，换回中校军衔的我有几分心虚。

每天跟随战士们走在二连的队伍里，始终在试图要抓住什么，可惜，大多数时间都恍惚而过，路灯下他们的身影重叠的部分，具有重量感的车头的抬升，还有想象中狂飙的眼泪，我想拉住它们，问一声：你是谁？在连队里，每一种体验对我来说都是宝贵的珍珠，是一根根擦亮思想的火柴，是一只只重塑自我的手。可我无法将这些鲜活的感知保存下来。保鲜是困难的，对于很多事物来说，新鲜短暂到只有一瞬间，比如家乡的小樱桃，离川多年，我只能在想象中千百回地重构它们的形状和触感，从各种可获取的事物当中提炼类似的味道。离开也是困难的，更为可怕的是，转身之后，一切仿佛又重新回到相见的前一天。